ARDAVENA
Éditions

Il a suffi d'une tempête

Gilberto Schwartsmann

Titre original : *Meus Olhos,*
© Éditions Sulina, 2019

Nouvelles

*Traduction par
Emmanuel Tugny*

2023

PRÉFACE DU TRADUCTEUR

L'écriture de Gilberto Schwartsmann est de celles qui témoignent d'une ferveur sans limites, d'une foi et d'une espérance insatiable en la fiction, en ses vertus émancipatrices et édificatrices.

Rien ne fait obstacle au galop de l'imaginaire endiablé, possédé, de l'auteur brésilien, rien ne fait objection à sa puissance inventive, pas même, et c'est cela qui frappe le lecteur de littérature, les préoccupations coutumières de ce qu'il est convenu d'appeler « l'esthétique ».

Schwarstmann, dût-il heurter tel « bon goût littéraire », telle obsession coercitive du style, telle préoccupation de la vraisemblance représentative, tel scrupule documentaire, en un mot telle « morale de l'art », est un inexorable canon à fantasmes, et il n'est rien qui résiste à cette pulsion d'alchimiste au service de laquelle opère l'énergie séminale qui le fait « faire image » de tout bois, de tout plomb, de la vie et des lettres.

Il a suffi d'une tempête tranche avec les œuvres habituelles de l'auteur en ceci que son substrat s'annonce autobiographique. Mais c'est justement en quoi Schwartsmann y exerce de façon éminente sa « *virtù* » fictionnante : en effet, comment faire davantage montre de cette force singulière qu'en l'appliquant à la réinvention sans bornes de l'expérience ? Comment en imposer davantage le fol empire qu'en la plaçant en situation de cesser un moment de « refaire le fait », pour « refaire la vie » ?

Ne nous y trompons pas, *Il a suffi d'une tempête* ne constitue rien moins qu'une collection de témoignages, il voit se succéder sept essais d'invention du monde où l'auteur se fait le scribe de ces voix imaginaires d'outre-monde qui disent du possible qu'il n'est au fond, comme l'écrivait en substance Baudelaire dans *Curiosités esthétiques*, qu'une des provinces (qu'une des Bessarabie ?) du vrai.

Emmanuel Tugny, Saint-Malo, 6 août 2023.

C'est dans l'homme, dans sa modeste particularité, dans son droit à cette particularité, que réside le seul sens, le sens véritable et éternel, de la lutte pour la vie.

Vasssili Grossman, *Vie et destin.*

I.

LA TEMPÊTE

Nous étions en 1971, c'était une de ces belles matinées cariocas du mois de juillet, ma tante Ana, la sœur aînée de ma mère, aujourd'hui disparue, qui vivait à Rio de Janeiro, reçut une lettre venue de New York et adressée à mon grand-père décédé Jaime.

Mon grand-père Jaime était le mari de ma grand-mère maternelle Clara. Je n'ai pas eu la chance de le connaître. Il est mort à un peu plus de quarante ans. C'était un excellent conteur et on dit qu'il chantait remarquablement. Son cœur cessa de battre alors qu'il fabriquait un plateau d'échec dans la cour de la maison, à Porto Alegre.

J'étais très proche de ma grand-mère Clara. Ce fut une de mes principales influences. Je l'admirais beaucoup. C'était une femme intelligente et déterminée. Elle lisait compulsivement en lituanien, en russe, en allemand, en portugais et en yiddish.

Le yiddish, pour qui l'ignorerait, est apparu voilà presque dix siècles, c'est un syncrétisme linguistique où se mêlent l'allemand et divers dialectes d'origines slave, polonaise, ukrainienne et russe, en sus de l'hébreu et de l'araméen.

Il est encore aujourd'hui parlé par des juifs orthodoxes et par de nombreux juifs implantés depuis des siècles en Europe centrale et orientale qui ne sont pas les « Séfarades » de la péninsule ibérique, mais les « Ashkénazes ». Le terme dérive du mot « *jüdisch* », qui signifie « juif » en allemand.

Selon ce que m'a dit ma grand-mère, le yiddish a d'abord été un dialecte germanique, dont la création fut liée à la nécessité pour les juifs de communiquer entre eux sans que les autres les comprissent.

Ma grand-mère Clara était tout bonnement merveilleuse, je me souviens qu'une fois, elle était assise dans l'une des pièces de la maison, concentrée sur la lecture d'un livre à la couverture noire.

Le livre était écrit en russe, en cyrillique, et son titre apparaissait en grandes lettres dorées.

Curieuse langue que le cyrillique.

Il apparaît au neuvième siècle, à l'époque du premier empire bulgare, grâce au travail de saint Cyrille et de son frère saint Méthode, deux moines byzantins dont la mission était d'évangéliser les peuples Slaves.

Il est influencé par le latin et le grec. Les Russes, les Bulgares, les Serbes et les Ukrainiens utilisent cet alphabet.

Chacune de ses lettres correspond à une ou plusieurs lettres latines.

Mais on y note des différences surprenantes.

Ma grand-mère dominait parfaitement le Russe. Elle l'avait appris à l'école. Elle avait enseigné à ma mère certaines expressions avec lesquelles nous blaguions tous deux, maman et moi.

« *Iatibialioubliou* », par exemple, qui veut dire « je t'aime » en russe.

Adolescent, j'utilisais cette expression pour flirter en voyage avec de jeunes filles russes.

Ma grand-mère Clara m'apprit que l'alphabet cyrillique comportait des lettres dont l'apparence était celle de l'alphabet latin, mais qui se prononçaient différemment. Le *b*, par exemple, se prononce *v*, et le *p* cyrillique se prononce comme la succession de deux *r*.

Depuis petit, j'étais fasciné par les réflexions de ma grand-mère sur les mots et les idiomes. On trouve de nombreuses lettres grecques dans le cyrillique : gamma, lambda et delta par exemple.

En russe, les noms de famille se déclinent en fonction du genre et la langue inclut le genre neutre. Sauf exceptions, les mots masculins se terminent par des consonnes. Quant aux mois de l'année, ils sont toujours masculins.

Au temps où elle vivait à Porto Alegre, ma grand-mère reçut de nombreux hommages pour son engagement de lectrice.

Je me souviens de l'un d'entre eux, reçu d'une bibliothèque : elle était la lectrice qui y empruntait le plus grand nombre de livres.

J'en reviens au livre à la couverture noire et aux caractères dorés : assise sur le canapé du salon, Clara ne le quittait pas des yeux. Elle lisait chaque page comme si elle contenait une découverte d'importance. D'abord, j'ai appréhendé de demander de quoi le livre parlait.

Je devais avoir à peu près dix ans. Je traversais le salon sur la pointe des pieds pour ne pas déranger sa lecture, mû par une intense curiosité. J'imaginais, à observer Clara, qu'il devait s'agir d'une œuvre religieuse. Mais non, ce n'était pas un livre de prières.

Finalement, au bout d'un certain temps, je m'assis à ses côtés. Remarquant mon intérêt, elle interrompit momentanément sa lecture, tourna les yeux vers moi, et dit : « ce Charles Darwin est décidément un être passionnant ! »

Le livre était la biographie du grand naturaliste anglais du XIXème siècle. Quand je pense que Clara m'a fait découvrir l'auteur de *L'Origine des espèces*, je vois combien elle était en avance sur son temps.

Ma grand-mère était née en Lituanie, qui fait aujourd'hui partie de l'Union européenne et dont l'histoire remonte à environ mille ans. Les Lituaniens sont un peuple balte dont la nation fut rayée de la carte du monde à la fin du XVIIème siècle, lors de la partition de la Pologne.

Jusqu'à la fin du XXème siècle, les Lituaniens vécurent sous la domination de l'empire russe, c'est la raison pour laquelle ma grand-mère parlait le russe de façon si parfaite. Cette aptitude linguistique serait déterminante pour le destin de sa famille en Lituanie.

Ma mère racontait que quand elle était enfant, ma grand-mère avait sauvé sa famille de la terrible menée d'une soldatesque cosaque contre la ferme de ses grands-parents. À l'époque, il n'était pas rare que les cosaques envahissent les propriétés des familles juives pour les piller et pour violer les femmes.

Par une nuit de tempête de neige, les cosaques pénétrèrent dans la ferme de ses grands-parents. Clara devait avoir à peu près douze ans. Elle savait qu'ils étaient très violents, mais aussi qu'ils étaient très incultes.

Grâce à sa capacité de réflexion et à l'empire qu'elle avait sur ses émotions, faisant usage de sa connaissance du russe, elle se posta à l'entrée de la maison. Elle salua les soldats, leur offrit le gîte et le couvert mais leur indiqua qu'il y avait un cas de typhus dans la famille.

Sa stratégie fonctionna parfaitement : les soldats cosaques se mirent à hurler « le typhus ! le typhus ! » et ils détalèrent immédiatement comme des lapins, de peur d'être contaminés.

À la fin de la Première Guerre mondiale, la Lituanie redevint une nation indépendante, le demeurant jusqu'à la fin de la Seconde Guerre mondiale, quand elle fut occupée par les soviétiques. En 1990, elle reconquit sa souveraineté et intégra la communauté des pays européens.

Mais revenons à cette matinée ensoleillée de juillet 1971, que j'évoquais plus haut. La lettre, portant un timbre des États-Unis, était signée par une certaine Rachel, jusqu'ici inconnue de notre famille.

Rachel vivait à New York. Elle voulait savoir où se trouvait son oncle Jaime, le frère aîné de son père Jacob. Selon elle, Jacob avait perdu la trace de son frère depuis qu'ils s'étaient perdus, encore enfants, dans une province lituanienne.

La séparation avait eu lieu vers le début de la première guerre mondiale. Mon grand-père Jaime devait avoir quatorze ans à l'époque et son frère Jacob dix. Selon le récit de Rachel, les deux enfants auraient erré ensemble durant des mois, d'un village à l'autre, transis de froid, affamés, rendant ici et là quelques services et même placés dans l'obligation de voler de la nourriture pour survivre.

Un jour comme un autre, alors qu'ils étaient partis chacun de leur côté obtenir de quoi se nourrir, ils s'étaient perdus de vue.

Jacob avait raconté à sa fille qu'il était revenu d'innombrables fois, à la recherche de son frère, dans la grange ou les deux petits dormaient, mais qu'il ne l'avait jamais retrouvé.

Aujourd'hui, je sais que mon grand-père Jaime en avait fait de même. Ce jour fatidique, il avait très tôt quitté la grange, comme d'habitude, pour gagner son pain. Son frère cadet, lui, était resté à proximité de leur refuge.

Un vendeur ambulant qui parcourait la région dans une carriole avait offert quelques sous à Jaime pour qu'il l'aidât pendant la journée. La nuit, quand il s'était agi pour lui de rentrer au village où les enfants faisaient étape, il avait manqué le train. Comme il neigeait abondamment, il dut attendre trois jours pour s'en retourner à la grange.

Une tempête suffit à ce que le destin séparât les deux frères. Ils se perdirent tout simplement de vue. Jaime et Jacob, en se cherchant, avaient dû se croiser. Ils furent désespérés ne plus se trouver, mais la vie fit bien en sorte qu'ils ne se revissent jamais.

L'oncle Jacob avait raconté à sa fille Rachel qu'il avait passé des nuits à pleurer dans cette grange où les deux frères dormaient. Il priait pour que mon grand-père Jaime réapparût : peine perdue.

Resté seul, le petit Jacob, âgé de dix ans, se vit contraint de sortir à la recherche de nourriture. La faim le dévorait. Il vagua dans les alentours dans l'espoir que son frère revînt. Mais leurs destins se virent pour toujours séparés.

Rachel, qui était médecin, écrivait que son père déjà âgé vivait avec elle et son époux à New York et qu'il était en bonne santé. Mais il avait passé sa vie à supplier ses filles de l'aider à retrouver son frère. Qui sait, Jaime était peut-être vivant. Si lui, Jacob, avait survécu par miracle aux horreurs de la guerre, à la pauvreté et aux persécutions des juifs, peut-être que son frère aussi était réchappé de cet enfer. Si on était en mesure de retrouver sa trace, il irait le rejoindre, fût-ce au bout du monde.

Ce fut grâce à une institution appelée JDC Global qu'on parvint à obtenir l'adresse de ma tante Ana à Rio. Cette institution, qui compte des bureaux dans de nombreux endroits du monde, aidait les juifs séparés par les guerres à se retrouver.

La JDC avait été créée par un groupe de volontaires grâce à une donation de 50 000 dollars de l'entrepreneur juif Jacob Schiff. Elle fonctionne encore aujourd'hui, et porte assistance à des communautés juives en péril.

D'abord, l'agence transmit à Rachel une adresse qui pouvait être celle de mon grand-père Jaime dans le Rio grande do Sul. Rachel y envoya une lettre mais d'obtint pas de réponse. On essaya aussi d'écrire à une adresse de Buenos Aires, sans plus de succès.

Plus tard, on apprit l'existence d'une jeune femme nommée Ana Ades mais dont le nom de jeune fille était Safras, et qui travaillait au sein d'une entreprise internationale américaine à Rio. C'était ma tante Ana, la sœur aînée de ma mère et la femme de mon oncle Alberto.

L'oncle Jacob avait eu deux filles : Rachel et Suzy. Rachel était pédiatre à New York et elle était mariée à un chirurgien, tous deux avaient survécu à la seconde guerre mondiale. Suzy était la cadette, elle était célibataire, infirmière, et vivait aussi à New York.

Dans sa lettre, Rachel racontait que son père avait perdu son frère aîné, mon grand-père maternel Jaime Safras, à l'âge de dix ans. Lui, Jacob, avait survécu on ne sait comment au cours de la première guerre.

L'oncle Jacob avait traversé cette période en errant de lieu en lieu, servant d'homme à tout faire, dans la région située entre l'actuelle Lituanie et la Russie. À vingt-cinq ans, il s'était marié. De ce mariage étaient nées deux filles.

Pendant la seconde guerre mondiale, il réussit à passer en Suède avec sa famille. De Suède, ils allèrent en Norvège. Puis ils émigrèrent aux États-Unis, aidés par une agence qui assistait les réfugiés juifs.

Ils travaillèrent dur. Ses filles et son gendre achevèrent leurs études supérieures. Et dans ce pays qui accordait à chacun sa chance, ils atteignirent la prospérité.

Inutile de dire combien la lettre reçue par la tante Ana dans sa boîte aux lettres de l'immeuble de la rue Pompeu Loureiro, à Copacabana, surprit tous les membres de notre famille!

Mon grand-père Jaime était mort bien jeune, il y avait des années. Moi-même, je ne l'avais pas connu. Pour nous, il était le dernier membre vivant de sa famille. Ma grand-mère Clara ne s'était pas remariée.

Il avait élevé ses enfants avec courage, d'abord à Pelotas puis à Porto Alegre. Tante Ana était sa fille aînée, elle s'était mariée à l'oncle Alberto. Puis étaient venus Maria, Ligia, Mauricio, Gina, et enfin Tereza. En cette année 1971, ma grand-mère Clara vivait avec ma tante Ana dans un appartement du quartier de Copacabana de Rio.

Elle était donc la veuve de mon grand-père Jaime, le frère aîné de Jacob et l'oncle de Rachel, la signataire de la lettre : c'était une correspondance inattendue, pliée dans une enveloppe blanche, sur laquelle étaient inscrits des mots en anglais et où sinuait l'écriture remarquablement fluide de Rachel.

Tante Ana l'avait trouvée dans la boîte aux lettres comme elle était descendue pour en vérifier le contenu, rue Pompeu Loureiro, sise à la sortie du tunnel de la rue Tonelero.

Je dois interrompre quelques instants mon récit pour mentionner quelque chose d'important. Au cours de mon adolescence, la rue Tonelero me fascinait. Son nom faisait référence à ce combat naval du fleuve Parana qui avait opposé la flotte brésilienne à celle du dictateur argentin Manuel Rojas à la fin du XIXème siècle.

Il y avait mieux : le numéro 180 de la rue Tonelero faisait partie intégrante de l'imaginaire national. C'est en effet là qu'en 1954, le journaliste Carlos Lacerda avait été victime d'un attentat à l'arme à feu au cours duquel mourut le major Rubens Vaz, attentat qui déclencha la crise qui déboucherait, des années après, sur le suicide du président Getulio Vargas !

C'est vers ce monde enchanté par l'Histoire que je me transportais pendant les vacances d'hiver. À l'époque, l'écho de ces événements politiques dans mon cœur était intense. Je me souviens d'être passé cent fois devant le numéro 180, toujours le même frisson dans l'échine. Je devais avoir à peu près seize ans à l'époque.

Mais revenons à la lettre.

Tante Ana ouvrit l'enveloppe et, grâce à son anglais parfait, elle put en lire le contenu. Elle dut s'asseoir sur un des bancs de ciment de l'entrée de l'immeuble pour retrouver ses esprits. Stupéfaite, elle essayait de comprendre de quoi il retournait.

Tante Ana était ce qu'on pouvait appeler une femme « en avance sur son temps ». À ce que j'en savais, c'était la première femme de notre famille à avoir obtenu un emploi sur concours, un emploi officiel et important.

Elle était secrétaire bilingue auprès d'une entreprise multinationale américaine qui, à l'époque, s'était installée à Rio de Janeiro. C'était un emploi de prestige est très bien rémunéré, en un temps où les épouses étaient la plupart du temps femmes au foyer.

Ma tante Ana ne s'était pas contentée de cela. Elle travaillait les matins et les après-midis, interrompant sa journée pour déjeuner auprès de sa famille. Alberto l'attendait avec les enfants le déjeuner préparé. Le soir, toutefois, elle insistait pour faire à manger.

Je fus un témoin privilégié de ce qu'était la tante Ana car j'ai passé beaucoup de nombreuses vacances d'hiver dans l'appartement du couple qu'elle formait avec Alberto. C'était une femme engagée. Pendant les repas, elle parlait morale et politique et me donnait beaucoup à penser.

Je me rappelle que j'entendis parler pour la première fois chez eux de certains thèmes fondamentaux, tel le rôle que devaient assumer les femmes pour le développement du pays.

Je me souviens d'une fois où elle s'indigna de que l'accès des femmes à des emplois sur concours fût si récent : je crois que ce fut au sein du système bancaire, à la fin des années 1960.

Pour ma tante Ana, nous avions édifié, nous, les Brésiliens, une société très attardée sur le plan des droits individuels. Elle comparait volontiers, au regard de la situation de ses collègues américains, la réalité du pays et celle des États-Unis.

Aujourd'hui je me rends compte que tante Ana faisait partie d'une avant-garde de femmes brésiliennes indépendantes et réfléchies, d'une élite féminine carioca qu'elle fréquentait au reste avec fierté.

Je me souviens que, pendant des années, elle et ses collègues se retrouvaient pour se souvenir du bon vieux temps. Une fois, au cours d'une de ses visites à Porto Alegre, la mère du mari d'un de mes patients reconnut tante Ana dans un restaurant.

Je me souviens de la fierté que j'éprouvai lorsque je les vis s'étreindre longuement et évoquer le caractère pionnier de leur activité féministe à Rio.

La lettre de sa cousine Rachel en main, cette matinée ensoleillée de Rio, tante Ana préféra ne pas remonter immédiatement dans l'appartement où ma grand-mère Clara achevait son petit-déjeuner.

Elle préféra attendre le retour de son mari Alberto, un homme serein qui savait parfaitement administrer les situations de crise. Comme d'habitude, il était sorti très tôt pour acheter le journal. Un peu après, quand mon oncle fut de retour à la porte de l'immeuble, il trouva Ana un peu pâle, prostrée sur l'un des bancs du couloir.

Elle lui demanda de s'asseoir auprès d'elle et lui lut le contenu de la lettre. Alberto en fut très surpris et jugea la nouvelle épatante. Ils montèrent tous les deux à l'appartement, bien décidés à raconter à ma grand-mère Clara, avec délicatesse, que son beau-frère Jacob, que grand-père Jaime avait perdu dans la lointaine Lituanie, avait survécu.

Après avoir pris connaissance du contenu de la lettre, ma grand-mère pleura pendant des heures. Elle n'ignorait rien des détails de la saga des deux frères. Elle n'ignorait rien de la souffrance qu'elle représentait.

Mon grand-père Jaime lui avait tout raconté. Les circonstances, les lieux par lesquels ils étaient passés, les difficultés de la famille, la fuite de la maison et les détails de ce jour de tempête fatidique où les deux frères s'étaient perdus.

Elle était stupéfaite de ce que son beau-frère eût survécu à deux guerres mondiales et édifié une si belle famille aux États-Unis. Ce fut elle, pas Ana, qui se chargea de répondre, une semaine plus tard, à ses parents de New York.

À compter de ce jour, elle entretint une correspondance fort animée avec Rachel et Jacob.

Tantôt en yiddish, tantôt en lituanien et en russe, bien sûr, elle leur raconta que l'oncle Jaime et elle s'étaient mariés en Lituanie et qu'ils étaient venus au Brésil quelques années après la fin de la première guerre.

Elle avait connu Jaime un matin où elle était allée faire des courses avec sa grand-mère. Elle avait été élevée par ses grands-parents. Son père était mort de tuberculose quand elle était toute petite et sa mère, victime de la même maladie, était morte peu après.

Elle leur conta qu'ils avaient, pour l'époque, une vie assez confortable.

Ses grands-parents exploitaient une propriété agricole dans l'intérieur de la Lituanie, où travaillaient de nombreux employés qui s'occupaient des plantations et du cheptel. Son grand-père la traitait comme une princesse.

Toutefois, il avait promis à un de ses cousins de Norvège qu'il accorderait sa main à l'un de ses fils. À l'époque, les mariages étaient arrangés. Il était rare qu'ils fussent fondés sur l'amour. C'était les parents ou, dans le cas d'espèce, les grands-parents, qui décidaient.

Ce matin où elle était allée en ville avec sa grand-mère, comme celle-ci était entrée dans un magasin de fournitures agricoles, Clara s'était dirigée vers la boutique d'un cordonnier à qui son grand-père avait confié une paire de bottes pour qu'il en changeât les semelles usées.

Pénétrant dans la boutique, elle avait été surprise d'entendre le chantonnement fort juste d'un garçon qui se tenait près du cordonnier dans l'atelier du fond de la boutique. Ma grand-mère ne put résister : elle voulut voir à qui appartenait cette jolie voix.

L'inconnu chantonnait et riait en même temps, manifestant une grande alacrité. Clara passa la tête dans l'atelier pour le voir. Leurs regards se croisèrent.

Selon ma grand-mère, ce fut un coup de foudre. Elle en conçut de la honte, détourna le regard et sortit en hâte, sans même s'enquérir des bottes du grand-père.

Mon grand-père Jaime n'hésita pas une seconde : il se leva aussitôt et la suivit jusque dans la rue. Il se présenta et lui fit savoir qu'il était très désireux de la connaître. Ce fut ainsi que débuta une passion ardente dont procéda le destin de la branche maternelle de ma famille.

Néanmoins, tout ne fut pas simple. Le grand-père s'opposa radicalement à cette relation car il avait déjà annoncé à ses amis que d'ici un ou deux ans, sa petite-fille épouserait le fils d'un cousin de Norvège.

Cela ne fut pas sans engendrer un conflit entre Clara et son grand-père. Elle avait une forte personnalité et pour lui, il n'avait cure que de son autorité. Cela alla tellement loin que ma grand-mère finit par le menacer de s'enfuir.

Elle était bien décidée à épouser son amoureux, même s'il fallait pour cela quitter la Lituanie. Elle fit savoir à ses grands-parents qu'ils avaient le projet d'émigrer au Brésil, un pays riche en opportunités, où ils vivraient dignement, loin des persécutions antisémites.

La méfiance qu'éprouvait le grand-père pour son futur gendre n'était au reste pas immotivée, je dois l'avouer : le garçon était arrivé en ville on ne savait d'où, il n'appartenait à aucune famille connue du coin et il était venu dans les bagages d'une troupe de théâtre à la réputation douteuse…

Mon grand-père Jaime n'avait jamais caché à la famille de Clara qu'il avait quitté les siens très jeune et qu'il avait vécu jusque-là de menus travaux. Il avait même été soldat. Il ne possédait rien. Il avait quitté l'école à quatorze ans. En d'autres termes, il n'était pas le gendre idéal, aux yeux du grand-père de Clara.

Mais le vieil homme était de nature généreuse. Quand il vit que la relation était sérieuse et le mariage le fruit d'une décision sans appel, il eut avec Clara une conversation privée. Il prêcha, jura, pleura, mais pour finir, il lui dit qu'il l'aimait, et qu'il avait décidé de lui pardonner pourvu que la nouvelle ne s'ébruitât pas.

Il négocia la vente de ses meilleures vaches laitières et offrit en dot aux deux époux le produit de cette vente, qui était considérable, afin qu'ils pussent atteindre l'Amérique du sud sans encombre.

Clara et Jaime se marièrent là-bas, en Lituanie, au cours d'une cérémonie toute simple. Leur projet était de se rentre au Brésil dès que possible. Mais les préparatifs du voyage durèrent finalement presque quatre ans.

Quand ils arrivèrent à Pelotas, leur famille avait déjà crû : tante Ana et ma mère Maria étaient venues au monde. Maman avait trois ans. Aujourd'hui, à 94 ans, elle jouit toujours d'une parfaite santé.

Quelques années plus tard, ils vinrent s'établir à Porto Alegre, où naquirent mes autres oncles et tantes.

Ma grand-mère écrivit à Rachel et Jacob que mon grand-père était malheureusement mort depuis longtemps, très jeune, subitement.

Elle lui donna aussi des détails sur ses enfants, leur nom, leur métier, les noms des gendres et des belles-filles, des neveux et des petits-enfants. Elle se disait bouleversée de savoir qu'il avait survécu aux deux guerres et qu'il avait pu constituer une si belle famille aux États-Unis.

À l'époque, on communiquait essentiellement par voie postale. Néanmoins, de temps à autre, la tante Ana avait une conversation téléphonique avec les New-yorkais. Elle et Rachel devinrent très proches. Mais c'était toujours ma grand-mère qui écrivait.

La famille de New York disait qu'un jour, elle viendrait au Brésil nous rencontrer.

Un jour, pourtant, ma grand-mère reçut une lettre à laquelle elle ne s'attendait pas. L'oncle Jacob disait vouloir la connaître personnellement. Il la trouvait décidément vraiment distinguée et intelligente : elle écrivait comme un auteur.

Ma grand-mère en fut toute chose. Dans la lettre suivante, l'oncle Jacob lui envoya une photographie : il était là, bien droit, dans un costume bien coupé, portant cravate et montre à gousset au milieu de sa famille, dans un joli recoin de Central Park à New York.

Elle trouva la photographie très jolie. Elle dit à ses filles que Jacob et son mari se ressemblaient beaucoup. Elle remarqua l'élégance de sa mise et les choses en restèrent là. Mais la lettre suivante lui réservait une surprise !

Ma grand-mère Clara eut un coup au cœur : l'oncle Jacob la demandait en mariage. Il lui disait qu'il était veuf depuis quelques années et qu'il se sentait très seul. Ses filles avaient à présent leur propre vie, il avait beaucoup réfléchi avant d'écrire.

Il se disait derechef très impressionné par l'intelligence de ma grand-mère. Il l'imaginait aussi seule qu'il était seul. C'est la raison pour laquelle il avait décidé de la demander en mariage. Il prenait soin d'indiquer que sa santé était très bonne et sa situation financière prospère.

L'oncle Jacob lui faisait part de son intention de venir la voir à Rio. Inutile de dire que la proposition ne plut pas du tout à ma grand-mère. Durant une longue période, elle cessa de répondre aux lettres, laissant à tante Ana le soin d'entretenir notre relation avec nos parents de New York.

Ce qui est amusant, c'est que lorsque nous daubions sur l'audace de l'oncle Jacob, Clara prenait sa défense.

Elle disait qu'elle connaissait les traditions et la logique coutumière qui unissaient les familles Europe. Il l'avait demandée en mariage, c'était certain, pour témoigner de sa noblesse de caractère et de son esprit chevaleresque. N'était-elle pas veuve ? C'est ainsi que procédait les anciens.

Mais ma grand-mère se disait « la femme d'un seul homme », celui dont elle était tombée amoureuse en Lituanie et qu'elle avait épousé par amour, à une époque où rares étaient les jeunes femmes qui avaient le courage d'imposer leur choix.

L'histoire, pour l'heure assez légère, prit une autre tournure. Une nuit, ma grand-mère raconta à tante Ana ce que Jaime lui avait confié à propos de la séparation des deux frères.

Ça avait été l'événement le plus triste de son existence. Il avait passé toute sa vie hanté par l'image de son frère. Pas un jour il n'avait cessé de penser à Jacob et au jour où il l'avait perdu.

Mon grand-père Jaime était issu d'une fratrie de six enfants. Il était l'aîné, il avait quatorze ans. Puis venait son frère Jacob qui avait dix ans, puis quatre petites sœurs. Les enfants vivaient une vie tranquille avec leurs parents dans une confortable maison de la province lituanienne.

Son père s'occupait d'une ferme et sa mère de leurs enfants, elle entretenait la maison, cousait, reprisait et préparait les repas. Les trois enfants les plus âgés, les deux frères et une de leurs sœurs, fréquentaient une bonne école des alentours de Vilnius, la principale ville de Lituanie, dont le centre est aujourd'hui classé au Patrimoine de l'humanité.

Un jour, le père contracta la tuberculose : il mourut en quelques semaines. À partir de ce jour, leur vie ne cessa d'empirer. En quelques mois, ils sombrèrent dans la misère. À l'époque, on mourait beaucoup de tuberculose ou de choléra.

Beaucoup de jeunes femmes devenaient veuves. Au sein de la communauté juive, on cultivait la tradition suivante : quand une femme ayant eu des enfants perdait son mari, le rabbin se chargeait de trouver rapidement un veuf ou un célibataire pour l'épouser. Ainsi garantissait-on la subsistance de la famille.

Mais un soir, mon grand-père, à l'époque un adolescent, surprit la conversation de sa mère et d'une voisine. Mon arrière-grand-mère disait que le rabbin lui avait parlé d'un veuf désireux de lui proposer le mariage.

Le prétendant s'était montré très empressé. Toutefois, il refusait d'assumer la charge de six enfants. Il acceptait de s'occuper des quatre petites mais pas des deux aînés. La mère de Jaime avait indiqué, indignée, à la voisine, qu'il était hors de question qu'elle abandonnât les deux garçons.

Mon grand-père Jaime rumina cet épisode pendant des jours. Il essayait de trouver du travail, mais n'y parvenait pas. Tout était devenu très compliqué. Leur mère se défendait comme elle pouvait, elle faisait des travaux de couture et rendait de petits services mais cela ne suffisait pas et la situation de la famille empirait.

C'est alors que Jaime décida de dénouer cette situation tragique. Il convainquit Jacob, son frère, de ce que la meilleure solution était de fuir. Ainsi, il s'imaginait que le veuf épouserait sa mère et que cela garantirait sa survie et celle de leurs quatre sœurs cadettes.

Jaime et Jacob, quatorze ans pour l'un et dix pour l'autre, planifièrent leur fuite avec soin. Une nuit, à l'insu de leur mère, ils réunirent quelques vêtements et tous les vivres qu'ils purent et s'enfuirent.

Ils s'en furent, montés à dos de rosse, et parvinrent à un village lointain. Chaque matin, ils poussaient plus loin, afin que leur mère ne les retrouvât point et pour ne pas être tentés de rebrousser chemin.

Ils étaient certains de ce que s'ils ne s'éloignaient pas assez, leur mère finirait par découvrir où ils étaient.

Ils redoutaient qu'il en fût ainsi car l'unique chance de survie de leur mère et de leurs sœurs était ce mariage qui ne pouvait advenir s'ils demeuraient auprès d'elle.

Ils devaient s'en aller très loin, là où leur mère ne pourrait jamais les retrouver.

Des mois plus tard, comme ils avaient déjà visité de nombreux endroits, en haillons et affamés, mon grand-père Jaime finit par dénicher un travail.

Il devint l'assistant d'un vendeur ambulant qui proposait divers ustensiles dans une carriole. Il partait travailler tôt et son frère demeurait dans le coin, à la recherche de nourriture, d'un emploi journalier ou de quelques sous.

Les deux frères se retrouvaient le soir, partageaient un maigre repas tous les deux puis s'endormaient, cachés comme des clandestins, dans une grange. Mon grand-père Jaime était convenu avec son frère Jacob qu'ils se retrouveraient toujours, à la fin de la journée, devant un petit appentis. De là, ils retourneraient dans leur cachette.

Cela fonctionna parfaitement pendant quelques mois, jusqu'à ce qu'une nuit, mon grand-père revînt du travail avec trois jours de retard : il avait dû faire étape dans un village à cause d'une tempête de neige et avait manqué le train du retour. Il ne retrouva pas son frère. Il attendit pendant des heures devant l'appentis, il chercha partout, dans tous les lieux possibles, mais il ne le retrouva pas.

Il fut l'attendre dans la grange mais l'oncle Jacob ne vint pas. Il alla le chercher partout, repassa de nombreuses fois au lieu de rendez-vous, mais il ne le trouva pas. Il demanda désespérément des nouvelles de son frère aux gens qui vivaient alentour.

Personne ne l'avait vu. Un garçon qui circulait dans les parages affirmait bien qu'il avait vu le petit frère en pleurs sur une place. Mais l'information n'était rien moins que sûre.

Une dame qui vivait près de la grange et à qui Jaime demandait où se trouvait son frère, lui dit qu'elle l'avait vu discuter avec un homme qui venait de temps en temps vendre des vêtements. Peut-être l'avait-il suivi pour l'assister. Après tout, il fallait bien manger.

Depuis ce jour, les deux frères ne s'étaient jamais revus. Ma grand-mère Clara racontait que Jaime était si désespéré d'avoir perdu son frère qu'il ne mangeait presque plus. Il avait eu beaucoup de chance de ne pas contracter l'une de ces infections fatales qui étaient fréquentes à l'époque.

Du côté maternel, les deux arrière-grands-parents étaient morts de tuberculose en Lituanie. Jusqu'au début du XXème siècle, en Europe, on mourait beaucoup d'infection. En plus de la tuberculose, la fièvre typhoïde, le choléra, la syphilis et le typhus y étaient communs, surtout dans les milieux les plus pauvres aux conditions d'hygiène précaire.

Je veux éclairer le lecteur, étant moi-même médecin : le typhus et la fièvre typhoïde sont des maladies différentes. Le typhus est le nom générique de diverses maladies causées par des bactéries transmises à l'être humain par la piqûre d'insectes contaminés, en général des poux, des puces, des tiques, ou par les rats ou leurs excréments.

On trouve de grandes concentrations de malades de ces infections là où les conditions sanitaires sont mauvaises, dans les grandes agglomérations, dans les camps de réfugiés, dans les prisons.

On dit que le typhus s'aggrava au début du XIXème siècle, à la suite de la retraite de Russie de Napoléon, qui causa la contamination de toute l'Europe.

On ne doit pas confondre le typhus et la fièvre typhoïde, qui est transmise par un germe, une sorte de salmonelle intestinale bien différente des bactéries qui causent le typhus. Mais toutes ces maladies ont un point commun : elles font des ravages au sein des populations qui vivent dans de mauvaises conditions d'hygiène.

Au début du XXème siècle, il était rare de voir une famille dont aucun membre n'était mort de tuberculose, de pneumonie, de typhus ou de choléra. C'est la raison pour laquelle, le traumatisme de la séparation d'avec Jacob passé, mon grand-père Jaime pensa que son frère était sans doute mort d'une de ses terribles infections. Il devint aide-cuisinier sur un navire transporteur de troupes.

En 1918, l'Europe était en ruine. En Russie et dans les régions sous domination russe, la révolution communiste avait déclenché une lutte fratricide.

Il ne restait plus à mon grand-père Jaime qu'à survivre. Il voyagea par la Lituanie, la Russie et l'Allemagne, vivant d'emplois précaires, servant l'armée, et, comme il était doué pour les arts, qu'il chantait et qu'il jouait très bien la comédie, il finit par se joindre à un groupe de saltimbanques.

Il voyageait de ville en ville, interprétant de petites pièces sur une grande charrette au fond de laquelle on avait aménagé une scène. Ce fut au cours d'une de ces pérégrinations théâtrales que Jaime atteignit la ville proche de Vilnius où il se lia d'amitié avec un cordonnier.

Cet homme lisait beaucoup, il adorait causer politique et chantait fort bien l'opéra. Mon grand-père et lui devinrent ami. C'était le propriétaire de cette cordonnerie où mes grands-parents finirent par se rencontrer pour la première fois et s'aimèrent au premier regard.

Le reste de la romance entre ma grand-mère Clara et mon grand-père Jaime, je l'ai déjà raconté. Ce qui est sûr, c'est qu'ils décidèrent de se marier et de laisser la Lituanie en quête d'un avenir meilleur pour leurs enfants. Ils choisirent d'aller au Brésil, ce pays où l'on ignorait les persécutions et où se présentait à eux un avenir de liberté au cœur de ce continent rêvé qu'on appelait l'Amérique.

Quelques années après qu'elle eut reçu la première lettre de Rachel, un matin aussi ensoleillé que celui-là, ma tante Ana reçut d'elle un coup de téléphone. Rachel nous informait, triste mais sereine, du décès de l'oncle Jacob. La vie de son père avait été pleine d'émotions, de douleurs mais aussi de joies. On aurait pu en tirer un bon livre, un scénario de film.

Elle évoqua aussi son désir, celui de son mari et de sa sœur, de venir au Brésil pour connaître notre famille. C'est ce qui advint presque un an après. La cousine Rachel, son mari et sa sœur Suzy nous annoncèrent qu'ils arriveraient à Rio de Janeiro au début du mois de juillet.

À cette nouvelle, tous les membres brésiliens de la famille firent en sorte de se libérer de leurs obligations pour être présents lors de la rencontre tant attendue. Le jour de leur arrivée, nous nous rendîmes très tôt à l'aéroport pour les attendre. L'émotion était intense.

Le haut-parleur annonça l'arrivée du vol. Nous étions submergés par l'impatience. On vit alors arriver dans le hall de l'aéroport un couple d'une soixantaine d'années, souriant : c'était la cousine Rachel et son mari. Ils se dirigèrent vers les panonceaux que mes cousins cariocas avaient confectionnés pour l'occasion.

Peu après apparut, traînant une valise à roulettes, une femme d'âge mûr, Suzy, qui ressemblait comme une sœur jumelle à maman. Elles avaient les mêmes traits, des yeux également infiniment bleus. Les fossettes de leur visage riant étaient pareilles. C'était là la puissance de cette génétique dont m'avait entretenu ma grand-mère, comme nous discutions du livre à la couverture noire et aux caractères cyrilliques dorés, du livre sur Charles Darwin.

Toutefois, quelqu'un manquait. Lui, l'oncle Jacob. Dans mon imagination, je voyais arriver, un peu à la traîne, le pas lent, un vieillard sympathique appuyé sur sa canne et portant, qui sait, une casquette de base-ball new-yorkaise et une tenue décontractée. Ça aurait pu se passer comme ça…

J'aurais adoré le connaître. J'aurais adoré connaître cet enfant de dix ans que mon grand-père avait perdu pour jamais quand il en avait quatorze, ce jour fatal du rendez-vous manqué dans les frimas de l'hiver lituanien.

C'étaient juste deux enfants courageux, deux enfants bien décidés à s'enfuir qui sait où, animés du seul désir de sauver leur mère et leurs petites sœurs. J'ai appris de ces deux enfants que la noblesse du caractère peut, sans aucun doute, venir à bout des pires privations et des malheurs les plus cruels.

Qui aurait dit que des décennies plus tard, à Rio de Janeiro, dans cette Amérique de tous les rêves qui représentait, pour ces gens valeureux et soumis à la dureté du monde, l'utopie d'un monde nouveau, les familles de ces deux frères se trouveraient réunies, qu'elles échangeraient des regards, des paroles, des baisers, des embrassements.

Comme il m'est bon de savoir d'où viennent mes ancêtres ! Comme il m'est doux de savoir ce qui m'a fait ce que je suis ! Comme il m'est précieux de reconnaître dans mon goût pour les livres l'héritage de ma grand-mère Clara !

Comme il m'est délectable de pouvoir supposer que mon goût pour les arts et la facilité avec laquelle mon fils Guilherme et mon petit-fils Daniel voient leurs doigts filer sur les touches d'un piano viennent du grand-père Jaime, que je n'ai malheureusement pas pu connaître !

Je tiens pour merveilleuse la sensation d'appartenir au destin de cette famille issue de la lointaine Lituanie et qui a aujourd'hui fait racine dans tant d'endroits du monde! Survivre, avoir des descendants, tout cela confère un sens plus profond à la vie. C'est immensément beau, c'est immensément fort. C'est comme si vivre procédait d'une cause supérieure à ces causes qui fondent nos pauvres existences particulières.

Il est certain que Charles Darwin voulut que chacun comprît la force de la génétique, la leçon si puissante des petits pois de Mendel, c'est en somme ce qu'enseignait ce livre à la couverture noire et aux lettres dorées que ma grand-mère m'avait montré au salon. Les deux moines byzantins, saint Cyrille et son frère Méthode, étaient sans doute mus par un idéal du même ordre, lorsqu'ils créèrent leur alphabet. Il s'agissait pour eux aussi de laisser un message qui passerait le temps. Voilà le sens de la vie : renaître dans ce qui vous succède.

Chacun à sa façon, mon grand-père Jaime et son frère Jacob avaient trouvé une façon de survivre, tirant force et espérance de je ne sais où, parce ce que ce qui importait plus que tout, c'était que le sang familial sortît vainqueur de sa lutte contre le temps et que quelqu'un comme moi, leur mort advenue, pût raconter un peu de cette si belle et triste histoire.

Il avait suffi d'une tempête…

II.

DAN

En cette froide matinée, notre avion de l'American Airlines atterrit à New York exactement à l'horaire prévu. Ma femme Leonor, mes enfants Laura et Guilherme et moi-même, nous ne pouvions masquer notre émotion à l'idée de rencontrer personnellement Dan et sa famille.

Après être venus à bout des interminables formalités d'entrée aux États-Unis, nous nous rendîmes en taxi jusqu'à notre hôtel qui se trouvait en face de Central Park. Depuis la chambre, nous pouvions admirer le vert profond des frondaisons du parc et les carrosses colorés, avec leurs chevaux bien nourris et leurs cochers mal rasés qui proposaient aux touristes des promenades dans le parc. J'adore Central Park. J'ai toujours été impressionné par son immensité sise au cœur de la grande ville. Avec plus de 300 hectares de verdure, c'est l'un des parcs les plus visités au monde. On dit que Central Park accueille plus de quarante millions de visiteurs par an.

Comme il est beau de voir le parc ouvrir son espace imposant au milieu des gratte-ciel! C'est comme si les gens disposaient là d'un lieu pour interrompre le cours par trop intense de leur existence. Il servit de décor à de nombreux films que j'ai vus.

Je me souviens de *Marathon man*, avec Dustin Hoffman et Laurence Olivier, un film de John Schlesinger dans lequel « Babe » Levy, un étudiant en Histoire interprété par Dustin Hoffman, est embarqué dans une aventure impliquant un criminel de guerre nazi, Szell, joué par Olivier. Je crois d'ailleurs que ce dernier a été nominé aux Oscars dans la catégorie du meilleur second rôle pour ce film.

Je me souviens aussi de *Hair*, film tiré d'une comédie de Broadway, de Milos Forman. L'acteur principal est John Savage et l'histoire est celle d'un jeune homme de province mobilisé pour la guerre du Vietnam. Il arrive à New York pour intégrer l'armée, mais se lie d'amitié avec un groupe de hippies pacifistes. J'ai toujours été fasciné par Central Park, par ses jardins, ses lacs, ses sentiers, ses pistes de patinage et toutes les autres attractions qu'il propose.

Ce matin, fraîchement arrivés du Brésil, après nous être installés à l'hôtel, nous descendîmes immédiatement au restaurant, désireux de prendre un petit-déjeuner puis de faire une première promenade de reconnaissance sur la Cinquième Avenue.

Leonor et moi, nous avions déjà visité New York plusieurs fois, mais pour Laura et Guillerme, qui étaient petits et n'avaient jamais vu une métropole de cette taille, tout était nouveau. Néanmoins, mon esprit était otage du coup de téléphone que j'avais prévu de donner à la fin de la matinée au studio de Dan, comme nous en étions convenus par téléphone quelques semaines auparavant.

Je me sentais nerveux, ému, mais très heureux. Dan n'était-il pas un parent que je ne connaissais pas personnellement en dépit de ce que j'eusse vécu avec lui virtuellement toute ma vie ?

Dan était le beau-fils de mon oncle Joseph. Il avait été élevé par sa sœur à New York. Sa vie, bondée de succès, avait accompagné chaque moment de notre existence, grâce aux lettres, aux articles de journaux et de revues, aux catalogues d'exposition que tante Rose, la sœur d'oncle Joseph, nous envoyait systématiquement par la poste.

Dan était né à Munich en 1947, mais il avait passé presque toute sa vie à New York. C'était un des photographes les plus prestigieux des États-Unis. Jack Lemmon, Yoko Ono, Roy Lichtenstein, Andy Warhol, Billy Wilder, Woody Allen, Charles Bukowski, Franck Gehry, Francis Ford Coppola : Dan les avait tous photographiés.

Vous souvient-il de cette photo où Jack Lemmon se colle deux tranches de citron sur les paupières ? Elle est de Dan. La célèbre photo de John Lennon et Yoko Ono alités aussi.

Même si c'était par adoption, Dan était mon cousin. Tante Sara, la sœur de mon père, avait épousé l'oncle Joseph quelques années après qu'il fut allé vivre à New York. Sara et Joseph étaient morts il y a plus de vingt ans, mais ils avaient pris part à tous les événements significatifs de mon enfance.

Enfant, quand mes parents se disputaient, c'était chez eux que je trouvais refuge. L'oncle Joseph me protégeait toujours. « N'embêtez pas l'oncle Joseph ! Il est souffrant ! », disait mon père, quand mes frères et moi, nous devions rendre compte de telle ou telle incartade.

L'oncle Joseph était né en Pologne. Quand la Seconde Guerre mondiale éclata, en 1939, il se cacha dans un maquis des abords de Varsovie. Un soir, après avoir bu beaucoup de vin, il me raconta que pour survivre, il avait même mangé du rat.

Pendant la guerre, il avait fui en Palestine avec d'autres juifs polonais. Là, pendant des années, il cassa des cailloux dans une carrière. C'est là qu'il contracta une maladie pulmonaire chronique qui en fit un homme essoufflé pour le reste de ses jours. C'est à cette insuffisance qu'il dut de mourir d'une attaque cardiaque, un après-midi qu'il marchait avenue Osvaldo Aranha, à Porto Alegre.

Quand Joseph mourut, Leonor et moi, nous vivions à Londres. Nous faisions nos études doctorales. Nous habitions dans une résidence pour étudiants de l'université de Londres, sur Mortimer Street, près du siège de la BBC, à quelques mètres de la fameuse Oxford Street.

Un samedi matin, nous fûmes réveillés par les coups donnés dans notre porte par notre ami Franz, un étudiant allemand : il nous enjoignait de descendre rapidement devant l'immeuble. Devinez qui se trouvait sur le seuil de la BBC, accordant des autographes un sourire aux lèvres : Paul McCartney soi-même !

Notre immeuble accueillait les étudiants étrangers les plus âgés. Leonor et moi, nous habitions au dernier étage, nous devions cette faveur au concierge, car nous étions mariés. À l'étage du dessous vivait mon cher collègue chinois Tsao, qui était un peu plus vieux et bien plus expérimenté que moi, et qui pouvait se vanter d'être déjà professeur de l'Université de Hong Kong. Quand Leonor me raconta qu'elle avait reçu un coup de téléphone de mon père, qui nous informait de la mort de l'oncle Joseph, je pleurai beaucoup. Puis j'allai frapper à la porte de Tsao, peut-être parce que je le tenais pour un être supérieur, un être plus « spirituel ». Il avait des conversations très originales avec moi. Et il m'écoutait attentivement, avec un regard généreux.

Il me semblait un frère aîné rencontré à Londres et qui possédait le talent d'écouter l'expression de la souffrance d'autrui. Aussi courus-je jusqu'à sa porte. Grâce à Dieu, il ouvrit avec son calme habituel, percevant toute ma tristesse, observant mes yeux pleins de larmes.

L'oncle Joseph avait été un être très important pour moi. La description que mon père avait faite au téléphone à Leonor renvoyait l'image d'une mort solitaire. Et j'étais si loin. Ce deuil et la nostalgie de la maison produisaient sur moi une sensation très amère. Penser qu'il était mort dans la rue, sans personne de la famille à ses côtés...

J'imaginais la scène : mon oncle à terre, dans ce manteau de laine anthracite que nous lui avions offert quelques années auparavant pour son anniversaire, sa casquette de cuir noir vissée sur le crâne, cette casquette typique des immigrants polonais qui se réunissaient les dimanches matin, occupant une table bien au fond du vieux bar João qui se trouvait dans cette partie de l'avenue Osvaldo Aranha sise entre la Fernandes Vieira et la João Teles, presque en face de l'auditorium Araùjo Vianna.

Savoir qu'il avait été emmené aux urgences en hâte, déjà sans vie, par un passant et un chauffeur de taxi qui l'avait reconnu, produisait en moi une intense mélancolie. L'oncle Joseph ne pouvait pas mourir de cette façon, affalé à terre, seul en pleine rue.

Il méritait bien mieux. Il avait été une des personnes les plus douces et généreuses que j'avais connues et en même temps, une des plus tristes. Mes parents disaient toujours qu'il était un des hommes les plus dolents de cette terre.

Aussitôt après la fin de la Seconde Guerre mondiale, en 1948, l'oncle Joseph s'était mis à travailler dans la raison portuaire de la ville d'Eilat, à l'extrême sud d'Israël, au bord de la mer Rouge. Son travail était harassant. La plupart des ouvriers ne supportaient pas la poussière qui émanait de la pierre et qui envahissait l'atmosphère.

Beaucoup de ses compagnons d'infortune, comme lui venus de Pologne, tombaient malade, des lésions graves aux poumons et au cœur, à cause, précisément, de la poussière des carrières.

Les mois de décembre, quand nous étions, mon frère Carlos, lui et moi, au bord de la mer, nous demeurions toujours tous les deux à la maison le soir, causant ou demeurant assis en silence. Mon frère Carlos était déjà majeur et mon oncle lui permettait de sortir le soir avec ses amis.

À moi, non.

Après le dîner, il m'était souvent possible de l'interroger sur ce qui m'intéressait le plus : la guerre et les mystères de sa vie. Je lui posais mes questions, il me répondait toujours par monosyllabes. Mais chacune de ses phrases laconiques contenait une richesse de signification et une tristesse inexplicables.

Je voulais tout savoir de ce qu'avait été sa souffrance : la guerre, les évasions, les cachettes, les voyages, bref, tout ce qui avait constitué son passé. Je me souviens d'un soir où nous étions assis sur le balcon de l'immeuble et où je me mis à parler de la guerre.

Lui, qui en général ne prononçait pas un mot, résolut de s'ouvrir à moi. Il me décrivit la prise de Varsovie par les Allemands au début de la Seconde Guerre mondiale, la plus grande des batailles de l'invasion de la Pologne, selon lui.

La ville avait été défendue bravement par l'armée polonaise et quelques miliciens civils, de jeunes gens qui s'étaient portés volontaires pour défendre leur pays. Joseph et quelques amis avaient participé à cette défense. Les Allemands n'avaient pas seulement bombardé l'aéroport et les installations militaires mais aussi de grands immeubles du centre-ville.

L'oncle Joseph disait que les avions de la Luftwaffe étaient implacables. C'est au souvenir de leur vol terrible qu'il devait de détester le fracas des fêtes de Porto Alegre. Les feux d'artifice et les pétards que les gens faisaient éclater pour fêter les victoires footballistiques ou les changements d'année : tout ceci le faisait beaucoup souffrir.

Les chars allemands arrivèrent à la périphérie de Varsovie et les combats commencèrent. Nous étions en 1939, la guerre venait de commencer. Les Polonais refusaient d'accepter l'humiliation d'une capitulation et la ville fut encerclée par les troupes allemandes.

Les combats durèrent longtemps. Près de 100 000 soldats polonais furent faits prisonniers. L'oncle Joseph et quelques-uns de ses compagnons réussirent à fuir et se cachèrent dans des maquis voisins de la ville. Varsovie fut occupée pendant toute la guerre, elle ne fut libérée par les alliés qu'en 1945, à sa toute fin.

Ce soir-là, sur le balcon de notre immeuble de Capão da Canoa, je m'étais plongé avec mon oncle dans l'Histoire de la Seconde Guerre, une Histoire racontée par qui l'avait vécue dans sa chair. Je ne l'avais jamais connu si volubile.

Les Allemands pensaient que la prise de Varsovie serait facile. Leur supériorité militaire allemande était écrasante, mais la résistance des Polonais avait été héroïque et avait duré près de deux semaines. Plus de 7000 civils étaient morts et plus du double avaient été grièvement blessés.

Au cours d'un bombardement, un des amis d'enfance de mon oncle avait eu le bras arraché par une grenade ; un autre avait perdu un œil. Dans son maquis, il n'avait pratiquement rien à manger. Il buvait de l'eau de pluie et grignotait ce qu'il trouvait.

Il y avait des jours où il ne trouvait aucune nourriture. Il restait allongé entre les arbustes sans bouger le petit doigt : de temps en temps passait une patrouille de soldats allemands armés de mitraillettes.

Cela, il ne me le raconta pas, c'est la tante Sara qui le fit : un jour, comme il était dans sa cachette, il vit de loin des soldats allemands qui s'approchaient derrière une rangée d'arbres. Là se trouvait un couple caché. La femme dissimulait un enfant d'environ six ans entre ses jambes, le recouvrant de sa robe. Les soldats les dénichèrent et les tuèrent.

Joseph avait confié à Sara que le couple avait imploré les soldats d'épargner l'enfant : ils tirèrent d'abord dans sa tête, répandant cervelle et sang partout. Puis ils exécutèrent le couple. C'est au cours de mes conversations avec l'oncle Joseph que je fus initié à la sauvagerie humaine, sur le balcon de l'appartement.

L'immeuble s'appelait Xavantes : il se trouvait en face du Baronda, un restaurant patrimonial de bord de mer dont je pense qu'il n'existe plus aujourd'hui. Notre famille, mon père, ma mère, mes frères et moi, l'oncle Joseph et la tante Sara, partagions l'appartement. Sara et Joseph n'avaient pas conçu d'enfants. L'oncle Joseph en avait eu un, un fils adoptif : Dan.

Aller à la plage avec l'oncle Joseph était un événement majeur de ma vie estivale. Il faisait moult préparatifs pour rester plusieurs jours à la plage, en décembre.

Il préférait cette période, parce qu'elle était plus calme. Dès le début des vacances scolaires, mon frère et moi, nous nous tenions prêts, dans l'attente d'un signe de lui qui nous indiquât que nous partions pour Capão da Canoa.

Nous y allions à bord de l'Austin noire qui progressait lentement sur la route. Je crois que Joseph n'a jamais roulé à plus de quarante kilomètres-heure. Nous pouvions voir à travers les vitres tous les détails de la beauté du paysage. Mon frère Carlos et lui discutaient. Je gardais le silence, sur le siège arrière.

Le trajet empruntait la vieille route qui passait par Glorinha : à cette époque, il n'y avait pas d'autoroute. Là, nous nous arrêtions, l'oncle Joseph nous offrait un café au lait et des beignets.

C'est à Eilat, en Israël, qu'il avait connu sa première épouse, Mina, une Allemande d'origine juive qui avait perdu son mari pendant la guerre. Mina avait un fils, c'était Dan, le personnage principal de cette histoire. Seule avec son enfant, elle avait fini par émigrer en Israël après la guerre. Elle y rencontra Joseph, ils s'y marièrent.

Ce que l'oncle Joseph me relatait de sa vie en Pologne pendant la Seconde Guerre était terrible. La présence des nazis mena le pays au chaos. La situation faite aux juifs, en particulier, le confinement dans les ghettos, la souffrance des séparations forcées des membres des familles, la violence, la négation absolue des droits humains, constituaient des situations impensables pour des gens comme nous, qui n'avions pas vécu les temps de guerre.

Et je ne parle pas ici de la privation de nourriture, de vêtements et de toit… Les hivers de Varsovie étaient très rigoureux, longs, glacés, parcourus de vents violents sous des ciels toujours de plomb. Les sans-abris vaguaient par les rues, sans but, comme des animaux. La plupart mouraient tout bonnement de froid.

L'oncle Joseph me racontait, comme s'il s'agissait d'un secret entre nous, ce qui s'était passé durant l'invasion nazie en Pologne. Je me souviens que quand je refusais de manger ce qui se trouvait sur la table, il se mettait en colère et me disait d'une voix tonnante que pour qui avait traversé la guerre, c'était péché que de gâcher de la nourriture.

À l'époque, je ne comprenais pas bien ce qu'il voulait dire, à présent je le sais. On mangeait à l'époque les épluchures de n'importe quoi, des bulbes de fleurs, du feuillage et les restes des autres. D'après lui, on mangeait même les chiens, les chats, et jusqu'aux des rats…

L'invasion de la Pologne advint au début de la Seconde Guerre mondiale. Elle était la conséquence du ressentiment éprouvé par Hitler à la suite de la perte de territoires par l'Allemagne au début du XXème siècle. L'agression nazie eut lieu en septembre 1939.

Hitler prit le pouvoir en 1933, mais les deux décennies précédentes, il avait fomenté ses idées d'élimination des juifs et de domination de l'Europe dans un livre intitulé *Mein Kampf*. L'antisémite perçait ouvertement en lui, il imputait aux juifs la responsabilité des problèmes économiques allemands.

Il défendait l'idée que la race germanique qu'il appelait « aryenne » était supérieure aux autres. Cette idée épouvantable, apparue au XIXème siècle, est aujourd'hui heureusement totalement démonétisée. Les Aryens constituaient un lignage pur d'êtres humains à la peau claire, grands, forts et intelligents.

Les Aryens formaient une race supérieure. Le mot « aryen » dérive de « *arya* » qui signifie « noble » en sanskrit. Au début du XIXème siècle, le diplomate et écrivain français Gobineau érigea ce concept de race aryenne pour soutenir l'idée de la supériorité des blancs sur les noirs, les jaunes et les Sémites.

Selon lui, les Aryens étaient un peuple nordique et germanique à qui l'on devait un apogée de civilisation et les plus illustres réalisations de l'humanité. Ces idées absurdes furent accueillies favorablement en Europe à cette époque, surtout parmi les intellectuels allemands.

Hitler et le parti nazi se les approprièrent, en excipant pour mener à bien leur politique d'extermination des juifs et donner libre cours à leur mépris d'autres peuples « non aryens » comme les Tsiganes et les noirs.

Dans sa folie, Hitler rêvait de construire un nouvel empire allemand, le « *Reich* », et de lui attribuer un espace vital, le « *Lebensraum* », où la race germanique pût régner en majesté. C'est de là que venait son désir de conquérir toutes les régions où se trouvaient des populations germaniques issues de l'ancien empire prussien.

Mû par cette idée, il annexa l'Autriche en 1938, puis la région des Sudètes, une partie de la Tchécoslovaquie où vivait une population d'origine germanique. L'étape suivante fut l'invasion du territoire qui était devenu la Pologne après la Première Guerre mondiale. Dans sa vision, cet espace géographique séparait injustement la Prusse orientale du reste de l'Allemagne. C'était le fameux « corridor polonais ». L'idée d'Hitler était de réunifier la nation allemande.

La Pologne avait signé un accord avec l'Angleterre et la France, aux termes duquel lequel ces deux pays s'engageaient à la défendre militairement si elle était menacée par l'Allemagne. En 1939, Hitler signa un pacte de non-agression avec l'URSS qui, elle aussi, était intéressée par l'acquisition de pans du territoire polonais, en cas d'invasion.

Ce pacte de non-agression entre Allemands et Soviétiques fut signé en août 1939 et devint célèbre sous le nom de « pacte Molotov-Ribbentrop », en référence aux patronymes des ministres des Affaires étrangères des deux pays. L'accord se maintint jusqu'à l'agression de l'URSS par les Allemands en juin 1941.

L'oncle Joseph disait que le traité incluait aussi un protocole secret visant la partition des territoires de la Lituanie, de la Lettonie, de l'Estonie, de la Finlande, de la Roumanie et d'autres régions qui se trouveraient dès lors sous influences allemande et soviétique. Cet accord secret a toujours été nié par les Russes. Mais Vladimir Poutine a récemment reconnu son existence, indiquant qu'il s'agissait d'un « mal nécessaire ». Le conflit évoluant, les Soviétiques changèrent de camp.

La veuve que l'oncle Joseph avait connue à Eilat, en 1948, comme je l'ai dit, était la mère de Dan, qui à l'époque avait deux ans. Ils se marièrent et décidèrent d'entamer une nouvelle vie en Amérique. Dan était donc le beau-fils de mon oncle et, en pratique, son fils unique.

L'oncle Joseph avait entendu parler de nombreux juifs polonais qui vivaient à Porto Alegre, au sud du Brésil. Au milieu des années 50, ils y débarquèrent et s'y installèrent, comme la plupart des juifs immigrés le faisaient, dans le vieux quartier de Bom fim, plus connu sous le nom de « quartier des juifs ».

Ses compatriotes polonais qui s'étaient installés là l'accueillirent avec une grande tendresse et un grand intérêt. Ils lui trouvèrent vite un bon travail dans la confection de meubles. L'oncle Joseph était habile et très travailleur. C'était un bon négociant. En moins de deux ans il avait déjà sa propre affaire, un magasin de meubles qui se situait avenue Presidente Roosevelt dans le quartier de Navegantes.

Quelques années plus tard, sa femme mourut d'un cancer. Elle fut hospitalisée à l'hôpital Santa Rita de la Santa Casa de Porto Alegre, on l'y soigna pendant quelques mois, elle souffrit le martyre pendant quelques autres puis décéda. L'oncle Joseph se retrouva seul avec le petit Dan, âgé de sept ans.

Le désespoir s'empara de Joseph. Il engagea d'abord une jeune femme pour s'occuper de l'enfant tandis qu'il travaillait dans son magasin. Mais il perçut vite que les choses seraient compliquées. Ma tante Sara, la sœur de mon père, avec laquelle l'oncle Joseph se marierait des années plus tard, racontait qu'il avait beaucoup souffert de la pression de ses amis juifs polonais qui lui conseillaient de confier Dan à un couple sans enfant.

Ils disaient qu'un homme seul qui devait travailler toute la journée ne pouvait pas s'occuper d'un enfant. Il y eut même un incident, que la tante Sara avait confié à ma mère : un couple de juifs polonais très riches, dont la femme était stérile, avait contacté le rabbin pour qu'il convainquît l'oncle Joseph de leur confier la garde de Dan. Mais il se refusait absolument à laisser l'enfant à la garde d'une autre famille.

Pendant la Seconde Guerre, toute sa famille restée en Pologne avait été exterminée par les nazis. Ne demeuraient que lui et une de ses sœurs qui avait fui en Norvège puis avait émigré aux États-Unis.

Après l'invasion des nazis commencèrent les persécutions des juifs qui furent confinés dans des ghettos. L'un d'eux était à Varsovie. Commencèrent aussi les déportations de masse qui virent plus de 300 000 juifs déportés à Treblinka.

Là-bas, ils étaient tout simplement éliminés. Ceux, peu nombreux, qui étaient restés au ghetto, décidèrent de résister. Un jour, comme un bataillon de SS approchait, ils se lancèrent contre lui.

Un jour, à l'école, mon professeur d'histoire avait évoqué le ghetto de Varsovie. Elle avait parlé d'une lettre écrite par un des auteurs du soulèvement, un certain Tuvia Boryskowski. Je n'ai jamais oublié ce nom. Dans sa lettre, il décrivait ce qui s'était passé rue Niska, à l'entrée du ghetto.

C'était la première fois que les juifs avaient réussi à intimider les soldats allemands : ils rampaient de peur d'être atteints par les balles juives. La révolte du ghetto dura presque trois mois.

On creusa des tunnels sous les maisons, reliés aux égouts et aux canalisations d'eau, dans l'espoir de pouvoir parvenir à d'autres quartiers de la ville. Les unités de la milice polonaise prêtèrent leur concours au soulèvement. Il s'agissait juste de manifester une résistance, sût-on que les chances de gagner étaient nulles.

Selon l'oncle Joseph, ou l'on se levait contre l'ennemi ou l'on était éliminé comme un animal, gazé à Treblinka. Il avait évoqué un des héros de la résistance du ghetto de Varsovie, un ami de son frère aîné, Mordechai Anielewicz. C'est lui qui avait pris la tête de la première attaque contre les soldats allemands à l'entrée du ghetto, qui avait vu mourir plusieurs d'entre eux.

Himmler finit par ordonner au général Stroop de détruire complètement le ghetto de Varsovie, à peu près trois mois après le début de la résistance. Le 19 avril 1943, la nuit de Pessa'h, la Pâques des juifs, un dimanche, mille soldats nazis firent exploser les maisons du ghetto, pâté de maisons par pâté de maison, mettant à mort les 1500 juifs qui demeuraient là.

L'oncle Joseph décrivait des scènes inimaginables. Cadavres dans les rues, odeur infecte des morts, bombes incendiaires et gens qui sautaient des étages supérieurs des immeubles des enfants dans les bras. Certains préféraient le suicide à l'exécution ou au camp de concentration. L'opération de démolition prit fin quand la synagogue fut détruite.

La sœur de l'oncle Joseph, qui avait fui au début de l'invasion allemande, avait d'abord trouvé refuge en Norvège. Peu après, elle avait émigré aux États-Unis avec un groupe de réfugiés, assistée par une organisation internationale. Elle connut plus tard son mari à New York.

C'était un médecin réputé. Il n'avait pas eu d'enfants. La tante Sara disait toujours qu'elle était devenue stérile à force de privations durant la guerre. L'oncle Joseph avait appris quelques années après que sa sœur aussi avait survécu.

C'était les seuls survivants de leur nombreuse famille. Sa sœur Rose et son mari vivaient à New York. L'oncle Joseph obtint leur adresse grâce à une organisation appelée « l'Agence juive ».

Le fait que sa sœur fût mariée mais sans enfant et vécût confortablement aux États-Unis, insistant pour qu'il la rejoignît, fut déterminant dans sa décision de lui confier le petit Dan. Qui sait, peut-être l'oncle Joseph avait-il formé le projet de se joindre à eux plus tard. Mais il n'en fit jamais part à Sara, non plus qu'à aucun autre d'entre nous.

Le cœur déchiré, mourant de peur qu'on lui enlevât Dan et qu'on le confiât à une autre famille, il décida de l'envoyer à New York pour que sa sœur et son mari s'occupassent de lui et surtout l'éduquassent.

Ainsi, à sept ans, Dan se retrouva seul dans un avion qui prit la direction des États-Unis. Là, il grandit entouré de l'amour et de l'attention de son oncle et de sa tante, bénéficiant de la chance d'étudier dans les meilleures écoles new-yorkaises.

Très tôt, Dan manifesta ses talents artistiques. Il devint l'un des photographes les plus demandés du pays. Après avoir étudié dans diverses institutions européennes, il s'installa définitivement à New York. Il acheva sa formation de photographe à New York et à Rochester. En tant que photographe et reporter, il travaillait pour des revues de réputation internationale, telles le *New York Times magazine*.

En sus des couvertures qu'il réalisait pour la presse, Dan se fit connaître sur le plan international par les séminaires qu'il organisait pour de jeunes photographes. Il devint aussi célèbre grâce aux expositions personnelles et aux portraits de célébrités.

L'oncle Joseph et Sara se connurent des années après le départ de Dan. Ils se marièrent mais n'eurent pas d'enfant. Si je devais décrire mon oncle, je dirais que c'était une des personnes les plus douces et les plus taciturnes que je connus. On entendait rarement le son de sa voix. Il avait également beaucoup de mal à s'exprimer en portugais.

Au cours des réunions de famille, il restait assis des heures durant, se contentant d'écouter les conversations. Et quand il parlait, c'étaient des phrases courtes prononcées à voix basse. Nous, les enfants, nous nous amusions beaucoup de sa manière de prononcer les mots de notre langue et du bruit qu'il faisait quand il mangeait sa soupe. Mais il ne s'en offusquait pas.

Ce que l'oncle Joseph préférait, c'était être parmi nous. Il manifestait un grand respect à l'endroit de mes parents et une grande tendresse pour eux. Nous vivions tous ensemble comme si nous étions une seule famille. Je ne me souviens pas d'une promenade ou d'un événement auxquels Sara et Joseph n'eussent pas pris part.

Tante Sarah et lui formaient une extension de notre famille. Ils vivaient juste dans une autre maison.

Pendant mon enfance et mon adolescence, je me souviens clairement du plaisir que nous avions à recevoir des nouvelles des succès de Dan que la sœur de l'oncle Joseph nous envoyait par la poste. L'oncle Joseph était rayonnant. Il nous demandait de relire les lettres plusieurs fois à voix haute.

À la fin des fêtes et des rencontres familiales il faisait toujours signe à ma sœur Margareth, au moment du dessert, pour qu'elle nous lût des nouvelles des réussites de Dan, le fils chéri de l'oncle Joseph, qui habitait New York.

Le plus curieux, le plus intrigant, c'est que je ne l'ai jamais entendu mentionner quoi que ce fût qui révélât un désir d'aller aux États-Unis pour le voir, ou que Dan vînt à Porto Alegre le retrouver. Je me souviens que ma mère avait mentionné un projet de voyage à New York de la tante Sara : mais ce voyage n'eut jamais lieu.

Voilà qui provoquait en moi une sensation étrange. Aujourd'hui je m'en rends compte. J'y pensais, mais j'oubliais vite. Non que je ne fusse pas tenté de poser des questions à ce sujet, mais j'y renonçais aussitôt. À cette époque, nous, les enfants, nous n'allions pas très au fond des choses. Et mes parents nous disaient de ne pas aborder le sujet avec notre oncle Joseph, que la guerre avait traumatisé.

Ils disaient qu'il était peut-être angoissé à l'idée de prendre un avion ou un bateau qui lui rappelleraient des souvenirs tristes. Mais moi, j'avais juste de la peine pour Dan. Même si je savais que sa vie était riche d'émotions profondes, je ne comprenais pas pourquoi l'oncle Joseph n'avait pas été lui rendre visite. Je ne comprenais pas non plus pourquoi Dan n'était pas venu à Porto Alegre.

Il était célèbre. Venir au Brésil ne devait pas lui être si difficile que cela. Il semblait pourtant bien que si. Sans être jamais allés à New York, nous savions tout de la vie de Dan.

Les années passèrent, nous grandîmes. Joseph et Sara moururent. Un beau jour, Leonor et moi, nous décidâmes d'aller à la rencontre de Dan. Nous décidâmes d'emmener les enfants. Il fallait que je le connusse personnellement. Dan était pour moi un mystère.

Je demandai à ma mère de retrouver son numéro de téléphone dans la vieille boîte en carton qui contenait les lettres reçues de la sœur de l'oncle Joseph. La tante Sarah avait pris grand soin de cette correspondance. Tout était resté à la maison, en haut d'une armoire, quand l'appartement de Joseph et Sara fut vidé. On trouverait certainement là le contact de Dan.

Par chance, ma mère découvrit un agenda où se trouvait un numéro de téléphone qui devait être le sien. Le matin suivant, j'essayais de le contacter. J'y parvins du premier coup. Je me présentai comme son cousin Gilberto, le neveu de tante Sara et de l'oncle Joseph.

Il fut euphorique. Il me dit que ce serait pour lui un plaisir de connaître ma famille. Il me proposa de nous rencontrer quand nous arriverions à New York. On pourrait dîner ensemble, avec nos familles. Ce fut ce qui advint deux semaines plus tard.

À peine installé à l'hôtel, j'appelai Dan. Il répondit d'une voix douce, manifestant une grande joie. Nous convînmes que la rencontre aurait lieu au Trebica grill, un endroit épatant, selon lui, qui appartenait à son ami Robert De Niro. Je pensais en moi-même : « *le* De Niro ? »

Le restaurant avait été créé au début des années 90 dans le vieux quartier de Tribeca, où l'acteur avait résidé. Nous allions adorer l'endroit, disait Dan ; c'était un restaurant américain typique, dont le chef était le fameux Lewandowski : j'étais vivement excité à l'idée de cette rencontre.

Dan était sans aucun doute un homme très en cour dans le milieu culturel new-yorkais. Il me demanda si je souhaitais le voir le soir même. Il serait dans son studio où il réalisait le portrait d'un ami, l'écrivain Philip Roth, ni plus ni moins !

Quand Dan prononça ce nom, j'en fus ébaubi. Philip Roth, mon Dieu ! Philip Milton Roth, le grand romancier nord-américain, l'auteur de livres que je dévorais pendant mon adolescence, *Goodbye, Columbus*, *Portnoy et son complexe*, *Pastorale américaine*, tant d'autres.

Philip Roth était un écrivain que j'adorais. J'allais passer la soirée dans le studio de mon cousin Dan, le fils de l'oncle Joseph ! C'était trop pour mon pauvre cœur. Et comme si cette émotion ne suffisait pas, je pouvais aussi m'imaginer serrant la main de Philip Roth !

J'étais fan du style de Roth, de ses monologues intimes si sensuels. Et je trouvais génial Nathan Zuckerman, « l'alter ego » de plusieurs de ses livres !

Il faisait partie de mon imaginaire littéraire. Dan me laissait parfaitement libre : je pouvais sans problème le rencontrer le soir même.

Il m'affirma que Roth était son ami, qu'il avait un problème de cœur qu'il traitait dans une clinique privée située à proximité de son studio. Dan le photographierait puis Roth se rendrait à une consultation médicale. En effet, l'écrivain mourrait quelques années plus tard de cette maladie de cœur.

Dan se montra très heureux de ce que j'eusse cherché à le voir. Il me mettait très à l'aise. Si je ne pouvais pas le rencontrer au studio le jour même — il imaginait que je voulais montrer New York aux enfants —, eh bien, nous nous verrions le soir suivant, dans le restaurant de De Niro.

Je raccrochais le téléphone, quasi hypnotisé par notre conversation. J'étais infiniment excité à l'idée de rencontrer Dan. Comme Leonor et moi avions décidé d'aller au musée d'Art moderne le soir même avec les enfants et que je n'arriverais peut-être pas à temps pour rencontrer Philip Roth au studio, je lui avais dit que nous nous verrions en effet le soir suivant.

Je passais le reste de la journée à imaginer comment se passerait notre rencontre. Mon Dieu, demain, j'allais connaître Dan personnellement, le fils chéri de l'oncle Joseph, dont je savais presque tout ! Comment était-il vraiment? Que me demanderait-t-il? Et sa famille, comment était-elle?

Je passai une nuit blanche. Le jour suivant, nous nous rendîmes à Central Park avec les enfants, nous déjeunâmes dans une cafétéria du Metropolitan museum, puis, après avoir visité quelques salles du musée, nous retournâmes à l'hôtel. Il nous fallait nous reposer pour être en forme le soir, pour le dîner avec Dan et sa famille.

À l'entrée du restaurant, Dan, sa femme et sa fille nous attendaient. Dan était un homme d'âge mûr, chauve, qui chaussait des lunettes noires aux montures épaisses. Il portait un jean et une chemise noire très cintrée. Il rappelait ces intellectuels new-yorkais qui se fichent un peu de leur mise.

Dan nous accueillit avec un immense sourire, ses bras ouverts occupaient presque toute la largeur de la porte du restaurant. Il embrassa Leonor et les enfants et nous présenta son épouse Beth et sa fille Meghan, une petite d'à peu près dix ans. Nous nous assîmes à un bout de la longue table, Dan et moi, Leonor s'installa devant Beth au centre et les enfants à l'autre extrémité. L'émotion vaincue et la nervosité passée, notre conversation prit un cours bien tranquille. Dan s'enquérait de ma vie et me serrait fréquemment le bras. Il était câlin avec moi, comme un cousin qui eût retrouvé un cousin qui lui eût longtemps manqué.

C'était comme si nous rayonnions du bonheur de nous retrouver après une si longue absence.

Il avait un peu plus de cinquante ans. Il était chauve, mais avec une couronne de cheveux grisonnants des deux côtés de la tête et une barbe de trois jours. Je remarquais qu'il portait un ceinturon argenté et des bottines de cuir noir. Il ressemblait vraiment à ces artistes que l'on voit donner des interviews télévisées.

Il était indiscutablement charmant, cultivé et intéressant. Mais en même temps, il était simple, d'abord facile : il me mettait très à l'aise. Il manifestait beaucoup plus d'intérêt pour moi que pour l'ostentation de ses innombrables faits de gloire.

Un moment, je ne pus me contenir et je lui fis part de l'émotion que j'éprouvais à le rencontrer, après tant d'années. Je lui confiai qu'il faisait partie de mon imaginaire enfantin et que je savais tout de son itinéraire professionnel.

Je garderais toujours l'image, lui confiai-je, de l'oncle Joseph décrivant ses succès. Cet aveu me vint spontanément, comme en un raptus d'émotion.

Quand je lui dis que nous suivions sa trajectoire de très près et que mon oncle, son beau-père, était fasciné par lui, il me parut interloqué. Il laissa transparaître un trouble. Il se reprit un peu mais des larmes perlèrent au coin de ses paupières.

Le ton de notre conversation changea subitement du tout au tout. Il me regarda fixement et, comme avec ironie, il me demanda s'il était bien vrai que l'oncle Joseph parlât tant de lui. Dan, tout à trac, me parut se transformer en une autre personne, plus fragile, moins confiante.

J'en fus surpris, je compris aussitôt qu'il avait eu toute sa vie la sensation d'être abandonné. Je sentis en lui résonner une angoisse profonde. J'avais pourtant pu constater qu'il avait été l'objet d'une constante affection. Fût-ce à distance, il n'avait jamais cessé d'être la raison de vivre de mon oncle. Tout juste n'avais-je jamais compris les raisons profondes d'un éloignement si définitif.

Je me mis alors à raconter les innombrables occasions au cours desquelles j'avais moi-même relu à l'oncle Joseph les lettres que Rose lui envoyait de New York. Je fis mention des catalogues d'exposition, des articles de journaux que Joseph dévorait, comme au reste tout ce qui le concernait.

Je lui racontais l'émotion de l'oncle Joseph et ses larmes quand il apprit que Dan avait reçu un prix important d'une revue allemande dont j'avais oublié le nom. J'évoquais sa fierté lorsqu'il montrait les photographies des réalisations de Dan à chacun des présents, au cours de nos fêtes de famille.

Dan paraissait stupéfait. Il insistait : était-ce bien la vérité ?

Je notai qu'il me touchait constamment, comme s'il éprouvait la nécessité pressante d'un contact physique entre nous. Nous étions là, face à face, comme des cousins qui s'aimaient sans s'être jamais vus.

Les larmes aux yeux, il insistait : l'oncle Joseph l'aimait donc vraiment ? Et d'où me venait cette conviction ? Il m'avoua qu'il n'avait jamais eu de certitude à cet égard, quant à lui. Il ajouta sur un ton un peu ironique que cela lui avait coûté des années de psychanalyse.

Qu'entendait-il par là ? Eh bien, c'était ainsi, tout simplement. À ses yeux, son père adoptif, Joseph, l'avait abandonné. Il n'avait jamais voulu le revoir. La preuve, c'est qu'il n'était jamais venu à New York le trouver. Il n'avait pas non plus fait d'effort pour le rapatrier. Finalement, il s'était marié avec Sara, une personne apparemment équilibrée qui n'avait pas connu la guerre. Je ne savais quoi répondre. Il avait ma foi raison. À sa place j'aurais pensé la même chose.

Il ne fut pas simple pour moi de maîtriser cette situation. C'était un moment presque irréel. Lui et moi, nous étions là, assis face à face avec nos familles dans le restaurant de Robert de Niro à Tribeca, contraints d'évoquer des choses profondes et des questions mal résolues.

Je me rendis compte qu'il avait passé sa vie entière ce doute au cœur. Il n'avait jamais compris la raison pour laquelle mon oncle Joseph, son père adoptif, l'avait abandonné si petit, permettant qu'il allât si loin dans cet avion bondé de visages inconnus.

J'essayai de lui en expliquer la raison, au moins celle que je connaissais. Selon les dires de mes parents, Joseph avait voulu le protéger, il avait été vaincu par la peur qu'on le forçât à le confier à un couple sans enfant. Il avait été déstabilisé. C'était un homme seul avec un enfant petit, dans un pays étranger.

Il ne connaissait pas beaucoup de gens à qui se confier. Je racontai à Dan qu'une fois, mes parents m'avaient rapporté que l'oncle Joseph leur avait dit son désespoir d'entendre quelqu'un lui annoncer, je ne sais pourquoi, qu'une loi brésilienne allait obliger les veufs à confier leurs enfants à l'adoption.

Il semblait, au moins à mes parents, que l'oncle Joseph avait conçu une véritable obsession en la matière, une peur panique d'être forcé de confier son fils à un couple de Porto Alegre. Je ne sais d'où lui venait cette idée.

Ce qui est vrai, c'est qu'il avait été sollicité par de nombreuses personnes de la collectivité juive polonaise du voisinage qui avaient émis l'hypothèse qu'il confiât Dan à un couple fortuné qui ne pouvait avoir d'enfants. Je me souviens même de leur patronyme. C'est ma mère qui m'avait raconté cette anecdote.

Nos épouses semblaient comprendre que quelque chose d'important et de définitif était en train de se produire à la table. Dan demandait des détails sur la vie et la manière d'être de Joseph : il voulait tout savoir. Il savourait mes réponses, il demandait des précisions, jusque sur des choses banales, il voulait que je répétasse encore et encore.

Dan posait toujours la même question : « alors Joseph m'aimait ? Il savait tout de moi ? » J'opinais et je lui racontais tout à nouveau. C'était comme un rituel qui lui permettait de se convaincre, d'emplir son cœur souffrant de toute la certitude possible.

Il agissait comme si cette soirée était la seule chance pour lui de se confronter à son passé. Il était là, avec moi, le témoin vivant de cet abandon dont il voulait éclaircir les motifs. Peut-être n'aurait-il jamais plus l'opportunité de le faire.

À un moment, Dan porta la main à la poche arrière de son jean et en tira une petite enveloppe froissée. Il l'ouvrit avec soin et me tendit une vieille photo. C'était sa mère, l'oncle Joseph et lui, tout petit contre sa poitrine.

Il me dit que la photographie avait été prise avec un appareil allemand, un *Exakta* fabriqué en 1933. C'était un appareil commun à cette époque. Ces mentions techniques étaient faites pour dissimuler son émotion.

Il me sembla clair que Dan avait apporté à notre dîner la seule photographie qu'il avait gardée. C'était l'unique témoignage de son passé le plus lointain, l'unique image de ces trois personnes réunies qu'il avait réussi à conserver au long de ses presque six décennies de vie.

J'imagine qu'il avait pensé pouvoir la sortir à un moment propice de notre conversation pour me la montrer. De fait, c'était l'unique souvenir qui lui restait du temps où tous trois, ils vivaient ensemble. Je fus très troublé de manipuler cette photographie, cette petite photographie de six centimètres sur quatre, jaunie par le temps, cette photographie si symboliquement précieuse.

La photo les montrait tous les trois sur une place. Ils portaient des vêtements d'été. Dan était dans les bras de Joseph. Il devait avoir un peu plus de deux ans. Nous restâmes ainsi les bras ballants, sans dire grand-chose, j'esquissai un sourire, un peu gêné, et je lui rendis la photographie.

Je me souviens de son émotion, à cet instant. Il pleurait presque. Il remit avec soin la photographie dans la vieille enveloppe de papier et la replaça dans sa poche. Nous échangeâmes encore quelques banalités puis mîmes fin à cette bouleversante conversation.

À mes yeux, cette rencontre était empreinte d'un caractère décisif et elle avait fait l'objet d'une longue attente de la part de célèbre cousin. À la fin du repas, au moment du dessert, nous avions presque repris nos esprits. Nous nous perdîmes de nouveau en propos amènes. Puis nous prîmes un café, nous nous embrassâmes et nous nous dîmes au revoir.

Nous convînmes de nous revoir pendant l'année. Ils avaient dans l'idée, qui sait, de venir au Brésil. Ils logeraient chez nous. Je lui promis de lui téléphoner quand je reviendrais à New York.

Dans l'avion qui nous ramenait au Brésil, je ne cessais de penser à ma rencontre avec Dan. Je vidai une bouteille entière de vin rouge. Et tant que j'y étais, sans plus de formalités, je me mis à pleurer. Leonor me serra contre elle et me dit que je devais laisser s'exprimer mon émotion. Était-il possible de traverser des moments si intenses de façon indifférente ?

Oui, cette rencontre avait été quelque chose de très fort et d'important pour moi aussi. Je me rendis compte que j'avais moi aussi reçu ma part de chagrin de toute cette histoire. J'avais moi aussi été bouleversé par cette séparation involontaire d'un père et de son enfant petit.

Je connaissais l'amour de l'oncle Joseph pour Dan, mais au fond, sans l'admettre, moi aussi j'étais en colère. Comment avait-il pu permettre que Dan s'en fût si loin de lui si petit. Quel secret traumatisme avait pu l'inciter à demeurer sa vie entière loin de son fils, ce petit garçon sans défense, ce si petit enfant ?

Pour moi, un père ne doit se séparer en aucune circonstance de son fils, surtout s'il est petit. Moi, je ne le ferais jamais. Il eût dû se battre contre ces juifs polonais ! Il eût dû les chasser ! Il eût dû lutter pour garder son fils à ses côtés !

Il eût dû affronter le rabbin et ce couple de rupins qui voulaient lui voler Dan. Il eût dû affronter le monde entier ! Il devait rester avec son fils. Il n'aurait jamais dû accepter leur séparation, le mettre dans un avion, seul, à cet âge, entouré de gens étrangers, l'envoyer dans un pays si lointain, ne plus jamais aller à sa rencontre : ce n'était pas là le comportement d'un père.

J'étais saisi d'une terrible colère contre mon cher oncle Joseph, d'une colère que j'avais refoulée pendant des années, au nom d'une vérité arrangée, au nom du fait que les souffrances de la guerre avaient altéré ses capacités émotionnelles. L'oncle Joseph aurait dû avoir le courage d'aller à New York de temps en temps pour voir son enfant.

Je passai le reste du voyage de retour me tournant et me retournant dans le fauteuil de l'avion. Je fus plusieurs fois aux toilettes. Je discutai avec les hôtesses pour que le temps passât. Mais je ne trouvai pas le sommeil.

Je demandais à Leonor de bien vouloir parler encore avec moi de ce que j'éprouvais. Elle me consola et me dit que je devais éprouver du contentement à l'idée d'avoir donné à Dan l'opportunité unique, l'opportunité merveilleuse, de savoir qu'il avait été aimé par l'oncle Joseph, quelles que fussent mes réserves à son endroit.

Il était inimaginable que Dan eût pu passer sa vie entière avec ce doute terrible au cœur ! Pour lui, Joseph l'avait abandonné. Et moi, j'avais brisé ce malentendu. Leonor affirmait que j'avais bien agi en faisant tout mon possible pour le convaincre de ce qu'il n'avait pas été abandonné, en le persuadant au contraire de ce que Joseph avait tout fait pour le protéger dans les circonstances de l'époque.

Paradoxalement, l'oncle Joseph l'avait envoyé le plus loin possible pour ne pas le perdre. À tout le moins était-ce la version de l'histoire la plus tolérable. Peut-être devais-je être moins dur, en mon for intérieur, avec Joseph. Il est très difficile de comprendre les circonstances qui font que les personnes agissent de telle ou telle manière.

En vérité, pendant longtemps, je ne cherchai plus à rencontrer Dan. Lui non plus, de son côté, ne chercha pas à me rencontrer. Je revins pourtant à New York souvent, pour le travail ou pour me promener. Un jour, des années plus tard, comme j'y participais à un congrès, je ressentis un poids dans la poitrine comme je prenais un café à proximité de Madison Avenue et je décidai d'appeler mon cousin.

Il me répondit, très surpris, heureux. Nous étions tous les deux un peu gênés. Nous eûmes une brève conversation. Nous n'avions fait aucun effort pour nous rencontrer. Nous nous quittâmes comme cela, en raccrochant.

Je me rendis de nouveau à New York plusieurs fois mais je ne parvins pas à lui téléphoner. Je m'expliquais la chose de la façon suivante : il était très occupé et nous rencontrer n'était pas possible. Ce n'était pas vrai. Je fuyais Dan, et Dan me fuyait.

Les choses de la vie firent que nous ne nous revîmes plus pendant longtemps. Jamais Dan et sa famille ne vinrent nous voir à Porto Alegre. Nous existences suivirent leur cours. Un jour, je reçus un coup de téléphone de Dan, depuis Houston. Sa femme était hospitalisée et traitée pour un cancer du sein.

Dan me dit qu'il avait indiqué aux médecins de sa femme qu'il avait un cousin brésilien qui était oncologue. Dan lui donna mon nom. Il me demanda si je voulais bien consulter les résultats des examens de sa femme. Ce n'était pas qu'il n'eût pas confiance dans son médecin, mais il se fût senti plus en confiance si un membre de sa famille eût pris connaissance des analyses et de la médication prescrite.

Le fait que Dan se fût référé à moi comme à un membre de sa famille m'emplit de joie. Qu'il était bon d'entendre cela de sa bouche ! Pour moi, cela signifiait qu'il s'était enfin réconcilié avec son passé et avec mon oncle Joseph.

J'attendis les résultats des examens, mais il ne les envoya jamais, ils ne parvinrent jamais à l'adresse que je lui avais indiquée au téléphone. Je pense que son appel trouvait tout simplement sa justification dans le fait de me parler à nouveau. Il voulait peut-être me remercier implicitement d'avoir été à sa recherche et de lui avoir dit combien son père adoptif l'aimait, quand même cela fût de façon détournée, ambiguë.

Ce fut la sensation que j'eus. Il avait aimé me connaître. Il avait aimé entendre de moi, au cours de cette rencontre intime du restaurant de Tribeca, que l'oncle Joseph l'aimait beaucoup, à son étrange manière, certes, mais beaucoup.

Par une matinée glacée, quelque deux ans plus tard, j'étais à New York et j'invitai Dan à prendre un café. Nous allâmes à la Neue Galerie. Nous entrâmes dans le café du musée, le café Sabarsky, sis dans la 86ème rue, presque au coin de la Cinquième Avenue. Dan me raconta l'histoire des deux amis juifs autrichiens, Serge Sabarsky et Ronald Lauder, qui étaient à l'origine des deux institutions. Le premier était un marchand d'art et l'autre un philanthrope connu, conseiller du Metropolitan museum.

Dan me raconta que les deux hommes avaient rêvé de créer un musée d'art allemand et autrichien qui présenterait des artistes du début du XXème. Sabarsky avait auparavant ouvert une galerie sur la Madison Avenue, qui était devenu la meilleure, s'agissant d'expressionnisme. Quand il mourut, en 1996, Lauder décida de réaliser leur projet et donna au café et excellent restaurant le nom de son ami.

Dans la galerie, on peut savourer le spectacle d'œuvres merveilleuses de Klimt, de Kokoschka, de Schiele, d'objets d'art décoratif créés par les artisans de la Wiener Werkstaette. Au troisième étage, on trouve des œuvres du Bauhaus et aussi de Klee et de Kandinsky. Lauder surprit même le monde de l'art en acquérant pour sa collection le portrait d'Adèle Bloch Bauer de Klimt pour une somme qu'on disait astronomique.

Nous nous sommes donc assis à une table du café Sabarsky devant un bon vin blanc d'Autriche. Dan plaisanta : toutes choses égales par ailleurs, nous étions unis pour toujours, même si nous ne nous voyions pas aussi fréquemment que nous le désirions, comme Sabarsky et Lauder. Il fallait que l'un de notre d'entre nous se résolût un jour à écrire l'histoire de notre rencontre au restaurant de Tribeca.

Il était photographe et se prétendait piètre écrivain. J'étais son seul espoir. Nous rîmes beaucoup, nous nous embrassâmes et donnâmes libre cours à notre émotion. Nous ne parlâmes pas de Joseph et nous ne nous vîmes plus. C'était notre faute à tous les deux. Les choses de la vie. Et c'était peut-être aussi là le fruit de notre difficulté à passer outre les écueils sensibles du passé.

Parfois, les blessures sont moins douloureuses si nous n'en ôtons pas l'écorce avant qu'elles soient mûres.

Les douleurs et les souvenirs sont comme ça. Nous les sentons plus supportables s'ils demeurent en sommeil dans un coin reculé de notre poitrine. Je suis certain que Dan et moi, nous avons vécu des moments fabuleux à l'occasion de notre dîner de Tribeca. L'empathie que nous éprouvions l'un pour l'autre avait été si grande que nous nous étions rendus à l'évidence : il serait difficile pour nous de poursuivre longtemps notre échange. C'était à lui de poser les limites des vérités à connaître, pas à moi. C'est peut-être pour ça qu'inconsciemment, nous ne sommes pas parvenus à nous rencontrer vraiment à nouveau.

Au fond, les parents n'ont pas besoin de se voir, de se fréquenter tous les jours, pour s'aimer. Dan fera toujours partie de ma vie présente et de mon passé.

L'important, c'est que nous nous sommes bel et bien rencontrés. J'ai finalement pu connaître mon fameux cousin de New York. Lui, de son côté, a pu savoir qu'il avait un vrai père qui, à sa manière, l'aimait.

Et jusque dans sa colère, cette colère dont je me suis rendu compte que je la partageais, nous avons appris, tous les deux, à pardonner à l'oncle Joseph. N'avait-il pas été formidable avec moi durant toute sa vie ? Peut-être ne l'avait-il pas autant été avec Dan. Mais il restait mon oncle de Pologne, celui qui avait été jusqu'à manger des rats dans ses cachettes des maquis varsoviens, cet homme taciturne qui avait pourtant causé avec moi, m'enseignant que les êtres humains pouvaient se rendre coupables des actes les plus abominables, surtout en temps de guerre, que la paix et les libertés sont des conquêtes précieuses, cet homme qui m'avait en somme ouvert les yeux sur ce que nous appelons la « nature humaine ».

Il était venu vivre à Porto Alegre avec sa femme et son petit enfant, dans un pays dont la langue lui était demeurée, jusqu'à la fin de sa vie, une étrangeté. Il était le père adoptif du petit Dan qu'il avait envoyé à New York, seul, dans un avion, encore tout petit et fragile, ce Dan qui, même mûr, homme d'expérience accompli et fameux, entouré d'amis importants, avait pleuré dans mes bras, comme un enfant en manque d'affection, cette nuit où nous nous connûmes dans le restaurant de Robert De Niro.

L'important, c'est que j'avais pu dire à Dan, en toutes lettres, que nous savions tout de lui et que même si nous n'avions pas vécu avec lui, nous avions appris à l'aimer et à l'admirer.

Cela, nous le devions à l'oncle Joseph. Même s'il s'était conduit de façon incompréhensible, Joseph avait bel et bien été son père adoptif.

Oui, son père, c'était Joseph. Un étrange juif polonais qui avait fait irruption dans nos vies, un homme qui pouvait rester la journée entière dans notre salon sans dire un mot, ce Joseph qui avait envoyé Dan, si petit, seul, au loin, mais qui n'avait pas cessé un instant de s'informer sur sa vie. Il aimait Dan à sa façon, voilà tout, d'une façon différente de celle dont m'aimaient mes parents. Mais à distance, il suivait chacun de ses pas dans le si vaste monde. Plus tard, la vie nous avait en somme appris, à Dan et à moi, grâce à son exemple, que c'est le pardon qui fait l'homme.

III.

LE LAITIER

Ma mère m'avait dit que l'état du cœur de ma grand-mère Clara avait empiré. C'est le docteur César, notre médecin de famille et mon collègue depuis la faculté qui s'occupait depuis des années de sa santé.

De notre côté, nous prenions soin de son imbattable mémoire. Nous nous occupions des événements qu'elle avait vécus durant son enfance en Lituanie comme s'il s'agissait de trésors, ainsi que de ceux qu'elle avait vécus dans sa vie ultérieure, quand elle et mon grand-père étaient venus au Brésil et avaient fondé une belle famille de six enfants.

Mon frère assistait à un congrès en Europe, ma sœur s'occupait çà et là du traitement de son beau-père. Je répondis à ma mère au téléphone qu'elle ne devait pas s'inquiéter. J'étais tout près. J'avais passé toute ma vie à écouter les histoires que racontait ma grand-mère Clara sur son enfance dans cette région de Lituanie sous domination russe.

J'avais écouté les histoires des persécutions antisémites, de la rencontre avec mon grand-père et de leur émigration au Brésil avec ma tante Ana et ma mère, encore petite, le début de leur vie brésilienne à Pelotas, la mort prématurée de mon grand-père, le départ pour Porto Alegre et le combat permanent qu'avait constitué pour elle le fait de s'occuper toute seule de ses enfants.

Je jugeais que m'occuper de son petit corps fragile qui attendait la mort sur un lit d'hôpital était le minimum que je pusse faire pour cette femme incroyable qui avait enrichi mon enfance de ses récits et de son amour des livres. Ma grand-mère était fatiguée. Elle n'était plus aussi dispose qu'avant. Elle n'arrivait même plus, comme autrefois, à converser avec nous.

L'air semblait lui manquer. Le docteur César lui avait prescrit d'autres médicaments mais il avait indiqué que désormais, les choses s'aggraveraient et suivraient un cours inexorable. Les vieux meurent, c'est comme ça. Et souvent, nous ne pouvons même pas savoir de quoi. Ils cessent tout simplement de vivre. Ils achèvent le cycle de leur vie. C'était le cas de ma grand-mère.

Quand l'avion se posa à l'aéroport de Porto Alegre, j'appelai aussitôt la maison de mes parents. Ma mère m'apprit que grand-mère Clara avait été admise à l'hôpital la nuit précédente. Elle avait d'extrêmes difficultés à respirer et ressentait un poids du côté gauche de la poitrine. À cette description, je conclus que son cœur, fatigué de tant de péripéties, souhaitait se reposer après cette longue et extraordinaire traversée. S'il y avait un membre de la famille qui avait pu bénéficier de tous ses récits, c'était moi.

En tout cas, c'est ainsi que je voyais les choses.

Mais je suis certain que je n'avais pas été le seul à bénéficier de ce privilège.

Ma grand-mère était chérie et respectée de tous. Mes frères et sœurs, mes cousins et cousines, mes oncles et mes tantes, tous l'adoraient. Ses voisins, aussi. Il y avait toujours un voisin pour venir lui rendre visite chez mes parents. Tous manifestaient clairement qu'ils avaient pour elle une immense considération.

Pour être juste, je dois reconnaître que maman a toujours été la fidèle dépositaire des récits de ma grand-mère. Moi aussi, j'en tenais beaucoup de source directe. Néanmoins, avec le temps, je me suis rendu compte que c'était de maman que j'en tenais le plus menu détail.

Je pris un taxi et me rendis directement à l'hôpital. Elle était dans une chambre du troisième étage. Maman et le docteur César étaient convenus que ma grand-mère n'irait sous aucun prétexte au centre de soins intensifs : elle ne méritait pas cela, ce n'était pas une façon de la traiter. Elle s'était toujours refusée à mener des combats sans objet. Il n'eût pas été juste qu'une vieille dame de cet âge, qui ne pouvait espérer voir son état s'améliorer, restât seule dans une cellule de cette unité, sans un parent à ses côtés.

Quand j'entrai dans la chambre, elle dormait paisiblement. Un flacon de sérum dégouttait lentement dans une des veines de sa main gauche. L'infirmière m'avait informé qu'on avait juste prescrit qu'on la maintînt dans un état de confort. Pas de délires, pas d'inventions thérapeutique.

Ma grand-mère était là pour quitter cette vie dignement, comme elle avait toujours vécu. Je m'assis dans un fauteuil près du lit et je dis à ma mère que je resterais là. Elle et mon père pouvaient rentrer pour se reposer. C'était déjà la troisième nuit qu'ils se relayaient avec mes frères et sœurs et le reste de ma famille, allant et venant de chez eux à l'hôpital.

Je téléphonai chez moi et dis à ma femme que nous prendrions le petit-déjeuner ensemble, le matin suivant, très tôt. Je demeurai des heures à observer le petit corps délicat et vieilli de ma grand-mère Clara, allongée sur son lit d'hôpital.

Elle respirait avec une certaine difficulté, mais elle ne semblait pas souffrir. Elle était prête à affronter ce qui advint trois jours plus tard, quand son cœur cessa tout simplement de battre.

Le médecin de faction entra dans la chambre et constata ce que nous attendions tous.

Comme je la regardais, assis sur mon fauteuil à ses côtés, je me souvins que ma sœur m'avait indiqué que c'était Paulina et Bernardo qui étaient venus visiter ma grand-mère l'après-midi précédent. Je les ai toujours beaucoup appréciés. Quand Bernardo était célibataire, il nous emmenait, le samedi très tôt, jouer au football dans un club dont il était sociétaire, à Ipanema.

Nous passions tout le jour à nous amuser avec lui. Nous déjeunions ensemble et dévorions un hot-dog accompagné d'un soda au raisin pour le goûter.

Bernardo était génial. Mais quand il se maria avec Paulina, une personne que j'ai toujours aimée et qui adorait la littérature, ils s'en furent vivre dans un appartement de la rue Felipe Camarão, dans le quartier de Bom Fim, à Porto Alegre. Alors les choses changèrent. Ses samedis matin n'étaient plus libres pour nous. C'était la faute du mariage. Ils avaient toujours été très aimables et présents dans ma vie.

Bernardo était le fils aîné de Monsieur Salomon qui était mort des années auparavant. J'étais assis là, tout près de ma grand-mère Clara, à l'hôpital, quand me revint en tête le visage de Monsieur Salomon. Je me rappelai immédiatement notre enfance et l'engueulade que nous avions reçue de ma grand-mère, cet après-midi où il était venu la visiter, dans l'appartement où nous vivions avec nos parents, rue Fernandes Vieira.

Comment oublier cette histoire ? Nous étions tous à la maison, mes parents, mes frères et sœurs et moi, quand Ondina, notre employée de maison de tant d'années, avait annoncé qu'un monsieur montait par l'ascenseur de l'immeuble et qu'il avait dit qu'il désirait saluer ma grand-mère. C'était Monsieur Salomon. Mes frères et sœurs et moi, nous ne prêtâmes aucune attention à cette nouvelle et nous continuâmes nos petites farces.

Bientôt, la sonnette se fît entendre et un vieil homme apparut. Il avait les épaules larges, des bras puissants, le physique typique de qui avait travaillé dur durant son existence. Son visage était expressif, sa tête quasi carrée, et sa chevelure blanche était ramenée en arrière. Il était rouge comme une tomate. Monsieur Salomon entra, parlant haut, avec une grosse voix, dans un portugais qu'altérait l'accent typique des juifs d'Europe qui vivaient à Bom Fim.

Il nous salua, souriant, et demanda où était madame Clara. Ma mère l'embrassa, contente, comme s'ils étaient des amis de longue date ravis de se retrouver. Elle l'invita à s'asseoir dans le canapé du salon : Madame Clara ne tarderait pas. Il répondit que son amie lui manquait. À la façon dont se comportait maman, on devinait que cet homme était quelqu'un de très spécial.

Comme ma grand-mère se préparait dans sa chambre, maman et nous trois, nous restâmes seuls dans le salon avec Monsieur Salomon. Il lança une discussion animée avec maman, parlant fort et gesticulant. Il tenait à nous assurer qu'il était un très bon ami de la famille, presque un parent. Nous l'écoutions attentivement. Ce vieux au visage cramoisi semblait un personnage de roman d'aventure.

Comme la famille de mon père, Monsieur Salomon venait de Bessarabie, région qu'on appelle aujourd'hui la Moldavie, un petit pays situé entre la Roumanie et l'Ukraine. C'était un endroit où les juifs avaient été persécutés pendant des siècles. La famille de mon père en était originaire. J'avais toujours entendu dire que les juifs vivaient là depuis plus de cinq siècles. Ils y avaient de petits commerces.

Quand leur vie s'améliora un peu, on les expulsa vers la Pologne et l'Ukraine. Ils revinrent au début du dix-neuvième siècle, exerçant un travail un peu particulier : leur métier consistait à faire traverser le Dniester aux gens et aux marchandises. Après la guerre contre la Turquie, la Bessarabie fût annexée par la Russie.

À cette époque, 1800, la population juive représentait presque 5 % de la population de cette région. Ils ne pouvaient pas acheter de terres à cultiver, ils devaient se contenter de vendre des marchandises ou de moudre le blé.

Étrangement, ce fût sous Nicolas Ier qu'on autorisa l'établissement des juifs dans de petits villages et qu'on les autorisa à acquérir des terres.

Un siècle après, en 1903, une année que n'oublieront jamais les juifs de Bessarabie, se produisit une grande tragédie. Jusqu'ici, ils vivaient plutôt bien, ils avaient le droit d'avoir leurs écoles et même de publier des journaux en yiddish.

Cependant, un enfant chrétien fut assassiné dans une région voisine et les autorités fabulèrent qu'il avait été sacrifié au cours d'un rituel juif secret.

Pure fiction. On inventa que le sang de l'enfant avait été utilisé pour fabriquer la matza, le pain que l'on consomme à Pessa'h, la Pâques juive.

En vérité, l'enfant avait été assassiné par un parent, qui avait confessé son crime. Mais l'histoire du rituel sanglant généra une formidable révolte de la population. Trois jours durant, les familles juives furent attaquées impitoyablement. Beaucoup de juifs furent assassinés, et les autorités ne bougèrent pas le petit doigt pour mettre un terme à la boucherie.

Ce type d'attaque antisémite se nomme «*pogrom*». Il n'y a pas un juif qui ne sache ce que ce mot veut dire. Quand j'étais adolescent, je me souviens, nous lûmes en cours d'histoire le témoignage écrit par un écrivain et journaliste russe nommé Vladimir Korolenko. Il n'était pas juif, mais il avait par hasard visité la région les jours qui suivirent le massacre. Son récit était impressionnant.

Ces massacres antisémites se répétèrent de nombreuses fois en Bessarabie, pendant la première révolution russe de 1905. Un poème de Chaim Bialik intitulé « La cité du massacre » s'inspire de ce thème. Rien d'étonnant à ce que, pendant cette période, les juifs de cette région eussent émigré par milliers vers la Palestine, les États-Unis, l'Europe occidentale et l'Amérique du Sud.

Avec l'avènement de la révolution de 1917, la Bessarabie fût incorporée à l'URSS. Un an après, les bolchéviques cédèrent le contrôle de la région à la Roumanie, qui l'exerça jusqu'à la seconde guerre mondiale. Ce fut apparemment une période prospère dans la vie des juifs de la région qui purent même obtenir la citoyenneté roumaine.

Néanmoins, nombre de familles juives continuèrent à émigrer dans les décennies qui suivirent. Un pourcentage significatif d'entre elles vint au Brésil ou dans d'autres pays d'Amérique latine, bénéficiant de l'aide de ceux qui les avaient précédées. Parmi ces migrants, on trouve le père du journaliste Zevi Ghivelder.

Ghivelder commença sa carrière chez l'éditeur Bloch puis dirigea le canal de télévision *Manchete*. Je me souviens d'avoir lu son livre *Les Six Pointes de l'étoile*. Il fut membre du jury du Prix Esso de journalisme.

C'était aussi un excellent traducteur. De nombreuses œuvres théâtrales classiques, représentées partout dans le pays, avaient été traduites depuis sa machine à écrire.

Dans les années 1930, la démocratie roumaine, déjà fragilisée, devint une dictature fasciste. Et comme cela advient toujours dans les périodes d'instabilité politique, les juifs devinrent les premiers boucs émissaires. La population se dressa contre eux, prétextant le risque communiste et celui de la domination par les juifs de l'économie mondiale.

Quand les nazis entrèrent en Roumanie, à la fin de 1940, le dictateur Antonescu s'unit à eux contre les Soviétiques, les assistant dans leur œuvre de persécution des juifs locaux avec des raffinements de perversité. Le discours qu'il adressait à ses ministres était pathétique. Il défendait l'émigration forcée des juifs de Bessarabie, même si elle pouvait sembler relever de la barbarie : le grand Empire romain avait-il été moins puissant pour avoir commis des atrocités ?

Antonescu ordonna l'assassinat de milliers de juifs. Dix-mille d'entre eux furent mis à mort dans leurs propres maisons ou sur les trottoirs. Beaucoup furent confinés dans des ghettos et moururent suite aux privations de nourriture, à l'exposition au froid et à l'apparition de maladies. Antonescu ordonna qu'on éliminât d'abord les juifs susceptibles d'exercer des fonctions de pouvoir, médecins, avocats, ingénieurs ou intellectuels.

Il ordonna aussi l'expropriation, via la banque nationale de Roumanie, de toutes les propriétés et de tous les dépôts bancaires des juifs. En d'autres mots, il ne restait plus aux juifs qu'à tout abandonner et à fuir. Ils le firent en masse, sur le Dniester jusqu'à l'Ukraine ou en prenant la direction d'Alma-Ata au Kazakhstan.

Durant la seconde Guerre, 250 000 juifs de Bessarabie moururent dans les camps d'extermination. Les camps de Transnistrie étaient les plus peuplés, ils étaient contrôlés par les Roumains. Ceux-ci ne se révélèrent pas moins barbares que les nazis vis-à-vis des juifs. Mais il existe toujours des exceptions.

Ainsi, mes grands-parents maternels évoquaient un homme nommé Traïan Popovici. Il avait été maire de la ville de Bucovine. Ils racontaient qu'il avait exfiltré près de 5000 juifs. Tous ceux qui étaient demeurés là étaient morts.

Après la guerre, en 1944, les Russes occupèrent la région de Bessarabie et l'incorporèrent à l'URSS sous le nom de ««République socialiste soviétique de Moldavie». Les Soviétiques non plus ne se montrèrent pas très amènes envers les juifs qui regagnaient leur terre. On interdit de nombreuses célébrations religieuses, même celle qui consacrait l'accès à la majorité des enfants à treize ans : la cérémonie de la bar-mitsva.

Des synagogues d'avant-guerre, une seule était demeurée sur pied, c'était celle de la cité de Kishinev. Avec la fin du communisme, en 1989, après trois années de guerre civile, la Moldavie devint une démocratie.

Beaucoup de juifs originaires de Bessarabie, comme ce fut le cas de mes grands-parents paternels ou de Monsieur Salomon, avaient quitté le pays dans les premières décennies du XXème siècle et étaient allés rejoindre Hambourg ou Gênes.

De là, ils embarquaient en bateau pour les États-Unis, le Canada, l'Argentine et le Brésil. Quand les quotas permettaient d'émigrer aux États-Unis, c'était leur destination de prédilection. Quand tel n'était pas le cas, ils allaient dans d'autres pays, comme le Brésil. Quand ils arrivaient là-bas, les juifs débarquaient dans les ports de Rio de Janeiro, de Santos, de Rio Grande, de Recife et de Salvador. Les billets qui permettaient d'atteindre ces deux dernières destinations étaient moins chers, d'après mes grands-parents.

Même quand ils étaient très pauvres, les juifs de Bessarabie qui se trouvaient déjà au Brésil faisaient tout pour aider ceux qui les rejoignaient. À São Paulo, par exemple, d'après ce que j'ai lu dans un texte de Ghilveder, les Tabacow et les Teperman furent aidés par des juifs lituaniens qui jouissaient d'une situation économique plus confortable, ce fut également le cas des Lafer et des Klabin. Vinrent aussi les Blacher, les Kaufman, les Palatnik, les Rosenbelit, les Schwartsman, d'autres…

Les Schwartsman donnèrent naissance au Brésil à une lignée qui compte beaucoup de gens connus. Salomon, par exemple, fit une belle carrière à la radio et la télévision. C'est sa belle voix de baryton qu'on entend sur la fameuse chaîne culturelle *Arte 1*. Alexandre est économiste et écrit dans de nombreux journaux de l'intérieur du pays. Hélio est éditorialiste à la *Folha de São Paulo*, on rencontre aussi de nombreux Schwartsman de renom au sein du monde académique.

Dans le Rio Grande do Sul, beaucoup de juifs originaires de Bessarabie furent s'installer dans la région de Passo Fundo et d'Erechim, au nord de l'État, s'établissant dans la colonie de Quatro Irmãos. Ce fut le cas de mes grands-parents paternels et de leurs plus proches apparentés. Le patriarche de la famille Lavinsky, qui s'était installé là aussi et avait dirigé la colonie, disait que pour le baron Hirsch, mentor de la création de ce peuplement rural d'immigrants juifs, «travailler la terre, s'en remettre à elle, était la meilleure façon pour les juifs martyrs venu d'Europe de recouvrer leur dignité».

La colonisation juive dans le Rio Grande do Sul bénéficia de l'appui financier de la Jewish Colonization

Association, l'ICA, au début des années 1920. Certains juifs venaient des colonies rurales établies précédemment en Argentine et ailleurs en Amérique latine. Ces mouvements correspondaient à un programme de l'ICA destiné à allouer un refuge aux juifs qui vivaient dans des conditions précaires en Europe orientale, et tout spécialement dans l'empire russe. Parmi les familles originaires de Bessarabie qui s'installèrent à Quatro Irmãos ou à Philippson, on peut citer les Lavinski, les Kwitko, les Schwartsman, les Feldman, les Hockstein, les Glock, Les Raskin, les Henkin, bien d'autres…

La première initiative de ce genre fut la création de la colonie de Philippson en 1904, près de la ville de Santa Maria. Les immigrés qui s'installèrent à Philippson et Quatro Irmãos étaient pour la plupart originaires de Bessarabie. Je me souviens d'un excellent rapport produit par l'institut Marc Chagall de Porto Alegre et coordonné par Ieda Gutfreind, qui s'appuyait surtout sur les témoignages de descendants de la première vague d'immigration juive.

On y apprenait des choses proprement ahurissantes et, quand venait la question de la raison de la fuite hors de Bessarabie des personnes interrogées, invariablement, c'était l'angoisse des pogroms qui revenait dans leur discours. Ces actes de violence se perpétuèrent en Europe jusqu'après la Seconde Guerre mondiale, pour les quelques survivants revenus vivre dans leur village ou leur ville.

Les pogroms hantent la mémoire collective juive : nombre des immigrés et de leurs descendants utilisaient encore ce terme pour évoquer les actes de violence subis au Brésil, dans les années 1930, de la part de groupes intégristes ou au cours d'épisodes isolés de violence antisémite tels que des attentats contre les synagogues ou d'autres institutions juives. Pour les juifs, aujourd'hui encore, tout acte de violence raciale renvoie aux souvenirs d'actes équivalents du temps passé.

Monsieur Salomon était un de ces juifs venus de Bessarabie qui avaient fini par s'installer dans le Rio Grande do Sul. Après avoir beaucoup travaillé, il avait trouvé une source de revenus fiable comme producteur et vendeur de lait. Il avait acheté quelques vaches laitières et il circulait par la région de Pelotas, dans sa charrette, vendant son produit de porte en porte. Devant de nombreux logis, il se contentait de verser le lait dans des casseroles que les maîtresses de maison avaient laissées la nuit d'avant sur leur seuil. Devant d'autres portes, il déposait des bouteilles de verre.

Cet après-midi-là, il était venu rendre visite à ma grand-mère dans notre appartement du 353 rue Fernandes Vieira, au cœur du quartier de Bon Fim, à Porto Alegre. Comme je l'ai déjà indiqué, sa peau était toute rouge, ce qui me sembla du plus haut comique. Ma sœur le regarda et menaça d'éclater de rire. Immédiatement son accès d'hilarité nous contamina, mon frère et moi, et nous fûmes pris d'un rire inextinguible.

Un fou rire généralisé parcourut le salon de notre appartement. Ma mère ne savait quoi faire. Monsieur Salomon était ébahi : il était évident qu'il était la cause de ces éclats de rire. Il éleva un peu la voix, dans une langue qui nous était quelque peu incompréhensible mais, voyant ma grand-mère Clara s'approcher, il se leva et la salua avec un plaisir ostensible. Ils commencèrent à discuter en yiddish.

Et nous trois de nous tordre de rire…

Ma grand-mère nous foudroya des yeux et nous envoya jouer dans notre chambre. Cette visite lui importait beaucoup. Elle s'excusa auprès de Monsieur Salomon. Elle était visiblement heureuse de le voir dans notre maison. Je pense qu'ils discutèrent durant presque une heure.

Maman laissa ses aînés discuter à leur aise et vint nous trouver dans la chambre qui servait de bureau à mon père et où nous étions confinés. Elle nous dit que notre attitude envers monsieur Salomon était impardonnable. Nous étions des mal élevés. Il s'agissait d'une personne que notre grand-mère Clara respectait infiniment.

Je remarquai que maman allait et venait dans le salon, en silence, sans interrompre leur conversation. Un peu plus tard, elle leur servir le thé, accompagné d'un gâteau au chocolat fourré à la crème que monsieur Salomon engloutit avec délectation. Ma grand-mère et lui prenaient beaucoup de plaisir à ces retrouvailles.

Je me souviens que je les espionnai par l'entrebâillement de la porte du bureau. Je le vis se lever, étreindre puissamment ma grand-mère, embrasser ma mère et prendre congé. Ma grand-mère dit quelque chose à maman et resta assise dans le canapé du salon.

Moins de trois minutes après le départ de monsieur Salomon, notre grand-mère nous appela sur un ton que nous connaissions très bien : nous devions venir la rejoindre au salon. C'était important. Ma grand-mère n'était pas de ceux qui perdent leur temps avec des choses futiles. Je me souviens que nous nous assîmes autour d'elle, avec la nette impression que notre crise de rire ne serait pas sans conséquences…

Elle commença à nous raconter une histoire que nous n'oublierions jamais. Quand mon grand-père Jaime et Clara étaient arrivés de Lituanie, ma mère et ma tante Ana étaient encore toutes petites. Les autres enfants naîtraient plus tard, au Brésil. Ils s'établirent d'abord à Pelotas. Mon grand-père commença à travailler comme vendeur dans une entreprise des environs. Les gains étaient maigres, mais on pouvait vivre sur un pied correct.

À cette époque, les choses étaient difficiles pour les familles immigrées. Nombre d'entre elles, constituées de juifs venus de Russie, de Pologne, de Lituanie, comme mes grands-parents, avaient pris l'habitude de pratiquer l'entraide, s'offrant du travail les unes aux autres. Mon grand-père faisait comme il pouvait, car la barrière de la langue était très rédhibitoire, surtout les premières années.

Mais c'était un homme très sympathique et liant. Il se faisait facilement des amis. Ainsi, il passait aisément d'un travail à un autre. Il vivait dans un petit pavillon, à quelque distance du centre-ville. Ma grand-mère s'occupait de la maison et des enfants. Ils élevaient quelques animaux dans la cour, des poules, des canards et des oies. Et elle faisait le pain tous les jours dans le four de la maison.

Tante Ana, l'aînée, était déjà en âge d'aller à l'école. Et ma grand-mère organisait les choses de telle sorte qu'elle ne manquait jamais les cours. Ma tante a toujours été très intelligente. Ma mère disait qu'elle avait toujours été la première de sa classe. Il ne se passa pas longtemps avant que ma grand-mère remarquât que la santé de mon grand-père était préoccupante.

Il commença à manifester de l'épuisement et à ressentir une pression thoracique, surtout quand il marchait beaucoup ou faisait un effort. Il travaillait énormément. Il sortait tôt et s'en retournait tard, tous les jours. Quelques années plus tard, il ne put plus dissimuler ses limites physiques. Son problème de cœur, c'est ce que le médecin avait expliqué, s'aggravait progressivement.

Toute la famille avait remarqué son infirmité croissante. Deux ou trois ans encore et, comme il sculptait un plateau d'échec dans la cour de la maison, il perdit subitement conscience. Quand ma grand-mère vint le trouver, il était déjà trop tard. Il mourut d'un infarctus foudroyant avant ses cinquante ans.

Mon grand-père disparu, ma grand-mère fut contrainte de restructurer l'économie domestique pour maintenir l'équilibre financier de la famille. Elle se mit à rendre quelques services, tandis que ses enfants les plus âgés cherchaient du travail à temps partiel. L'idée de ma grand-mère était qu'ils aidassent pour les dépenses sans compromettre leurs études.

Tante Ana, à l'âge de quinze ans, commença à étudier l'anglais avec un professeur qui habitait dans les environs. Ce fut déterminant pour l'octroi de la bourse qui lui permit d'aller étudier à l'étranger. Quelques années plus tard, elle fit un séjour aux États-Unis. À son retour, elle obtint une très bonne situation dans une entreprise multinationale de Rio de Janeiro.

Durant la période qui succéda à la mort de mon grand-père, ma grand-mère faisait des miracles pour maintenir sur pied les finances domestiques. Et c'est là qu'intervient notre visiteur, monsieur Salomon, protagoniste de cet après-midi où mes frères et sœurs et moi, nous avions manqué mourir de rire devant son visage pourpre, comme il était apparu à la maison pour rendre visite à son amie Clara.

Quand elle nous fit asseoir autour d'elle, au salon, et se mit à nous expliquer pourquoi cela avait été une grave faute de rire de monsieur Salomon, je n'imaginais pas ce que nous allions entendre. Nous écoutions silencieusement ma grand-mère raconter les mois qui avaient suivi le décès de son mari.

L'argent s'était tout simplement évaporé. Ma grand-mère devait trouver le moyen de continuer à éduquer ses enfants sans que cela impliquât qu'ils quittassent l'école. Elle se mit d'accord avec ses enfants les plus âgés pour qu'ils travaillassent quelques heures par jour tandis qu'elle tentait de réduire au maximum les dépenses.

Monsieur Salomon était laitier. Il passait par là avec sa charrette et sa vache laitière un peu avant l'aube ; il laissait le lait devant les portes. Devant les maisons des familles qui avaient peu d'enfants, il en laissait deux ou trois litres. Devant celles dont la progéniture était plus importante, quatre ou cinq.

Chez mes grands-parents, qui à l'époque avaient déjà six enfants, monsieur Salomon savait qu'il fallait déposer cinq bouteilles. Et il accomplissait cette routine tous les jours, sept jours par semaine, trente jours par mois.

La première à se lever était toujours ma grand-mère, qui ouvrait la porte, même quand il faisait nuit, prenait le lait, et rentrait.

Elle mettait du bois dans le poêle et préparait la table du petit-déjeuner. Elle déposait le pain cuit la veille au soir sur la plaque chaude et le faisait un peu réchauffer. Puis elle le coupait en tranches et remplissait le bocal de beurre puis le bocal de confiture qu'elle achetait dans un magasin du voisinage.

Mais la passe était vraiment très délicate, mon grand-père était mort peu de mois auparavant. Ma grand-mère se dit qu'elle devait faire des économies sur tous les chapitres possibles. Elle apprit qu'il y avait un autre laitier dans un village un peu plus distant : peut-être pourrait-elle obtenir de lui un meilleur prix pour le lait, peut-être pouvait-elle restreindre un peu la consommation de la famille en servant du café noir un jour sur deux...

Ma grand-mère laissa sur la porte un billet destiné à monsieur Salomon, qui lui demandait de bien vouloir suspendre la livraison de lait pour un moment. Elle lui expliquait qu'elle avait acheté du lait à un autre laitier et qu'elle pouvait pendant quelque temps se passer de ses services. C'était un mensonge : elle n'avait rien acheté du tout.

Le matin suivant, quand elle ouvrit la porte pour mettre le linge à sécher, quelle ne fut pas sa surprise quand elle trouva au bas de la porte les cinq litres de lait de monsieur Salomon. Elle ne comprenait pas ce qui s'était passé, peut-être n'avait-il pas vu son message… Ma grand-mère réécrivit le message en plus gros caractères et le fixa de nouveau sur la porte.

Le jour suivant, la même chose se produisit. Les cinq litres de lait étaient là, qui l'attendaient à la porte de la maison. Et il en fut de même les jours suivants. Elle avait essayé plusieurs fois vainement d'aller à la rencontre de monsieur Salomon. Elle se rendit plusieurs fois chez lui mais sa femme disait toujours qu'il était très occupé et ne pouvait pas la recevoir. Ma grand-mère était certaine qu'il se cachait à l'intérieur de la maison.

Plusieurs semaines se passèrent. Ma grand-mère était très incommodée de cette situation. Une nuit, elle resta éveillée jusqu'à ce qu'elle entendît le bruit de la charrette de monsieur Salomon. Elle attendit quelques instants, et comme le tintement des bouteilles de lait se rapprochait, elle ouvrit la porte. Le laitier était en train de remonter sur sa charrette pour poursuivre sa tournée. Ma grand-mère se précipita vers lui et lui demanda s'il n'avait pas vu les billets qu'elle avait laissés sur la porte de la maison, réitérant que pour le moment elle n'avait plus besoin de son lait : elle en avait acheté chez un autre laitier.

Mais il y avait longtemps que Monsieur Salomon avait remarqué ce qui se passait. Il regarda ma grand-mère droit dans les yeux et lui dit : « Madame Clara, tant que je serai laitier, je laisserai le lait de vos enfants tous les matins devant votre porte. Vous me réglerez quand vous pourrez. »

Nous écoutâmes attentivement l'histoire du laitier. Notre respiration était suspendue.

Quand elle vit que nous étions tous bien embarrassés à son récit, elle se tut quelques secondes puis ajouta : « ne jugez jamais personne à l'apparence. Et ne riez jamais d'autrui sans savoir qui il est. C'est là un manque de respect. »

Elle poursuivit : « monsieur Salomon était un homme modeste, né dans d'une famille très pauvre. Il était venu d'Europe une main devant une main derrière, mais c'était une personne bonne et travailleuse. Nous avons appris par la suite, par d'autres gens, qu'il ne s'était pas conduit comme ça uniquement avec nous. Il faisait la même chose pour d'autres familles comme la nôtre, et sans jamais demander un sou. »

Je repensais à cette histoire tandis que je fixais le corps délicat de ma grand-mère sur son lit d'hôpital.

C'est alors que l'infirmière entra pour voir si tout allait bien. Je répondis par l'affirmative. Elle fit mine de ne pas voir mes yeux baignés de larmes. Elle devait penser que j'étais triste parce que ma grand-mère s'en allait. Et c'était vrai.

Mais à cet instant précis, ce n'est pas la mort de Clara qui me tirait des larmes, mais le souvenir du vieil homme, de celui qui parlait d'une manière si amusante et qui avait le visage rouge comme une tomate. Depuis l'enfance, le vieux laitier, monsieur Salomon, était devenu pour moi l'incarnation de la noblesse de caractère. Quelque pauvre qu'il fût, faisant montre de son immense bonté, il avait assuré la subsistance de beaucoup d'enfants du voisinage. Il était devenu pour moi le vivant symbole d'une humanité en laquelle espérer.

IV.

LES ÉGOUTS DE PARIS

Ils pénétrèrent dans le cabinet, souriant et s'excusant. C'était un couple de petits vieux. Leurs petits corps fragiles étaient la délicatesse personnifiée. Il devait avoir tous deux plus de 80 ans. Le petit vieux, grand et maigre, présentait une importante voussure dorsale et attirait immédiatement l'attention. Il était si voûté qu'il ne pouvait marcher sans regarder le sol. Mais il manifestait néanmoins une délicatesse évidente à mes yeux.

Je tendis la main et leur demandai de s'asseoir. À ce que je pus constater sur la fiche médicale encore vierge, Sabine était ma patiente. C'était son nom. J'aimais ce nom. Je remarquais aussitôt qu'il la traitait fort bien. Il s'assura que sa femme était bien installée dans le fauteuil. Je lui demandai sa nationalité. Elle était française. Je regardai son mari, en tout cas celui que je pensais être son mari, et lui demandai son nom : il s'appelait Michel.

Je m'adressais de nouveau à elle, lui demandant la raison pour laquelle elle avait demandé à me consulter. Michel la coupa et répondit qu'elle avait remarqué une grosseur sur son sein gauche. Elle le lui avait dit il y a quelques jours. Immédiatement, ils avaient appelé mon secrétariat. Il savait que les maladies du sein touchent beaucoup les femmes juives. Il indiqua qu'il avait lu quelque chose sur une sorte de cancer qui avait frappé l'actrice Angélina jolie et l'avait contrainte se faire retirer les seins et les ovaires à titre préventif.

Michel me dit qu'il était au courant que ce type de cancer apparaissait davantage chez les juives originaires du centre de l'Europe, comme c'était le cas de Sabine. Mais il frappait plutôt des femmes jeunes. Il sourit, précisant qu'il n'était pas en train de la traiter de vieille. Il prit sa main. Il poursuivit, disant qu'elle lui avait raconté cela sans savoir au juste si c'était ce qu'elle avait.

Je trouvais adorable la prévenance qu'il manifestait pour sa femme et je lui demandai depuis combien de temps ils étaient mariés. Michel eut un sourire et la regarda. Il répondit qu'ils n'étaient pas mariés. Sabine était sa chère sœur. Ils n'étaient nullement mari et femme mais ils avaient passé toute leur vie à s'occuper l'un de l'autre.

Avant que je l'interrompisse, Sabine ajouta que Michel était son sauveur. Et qu'il était bon qu'elle s'occupât de lui pour sa part. Elle se tourna vers lui tendrement : « c'est la vérité, Docteur : c'est mon sauveur. Il le sera toujours. C'est moi qui devrais m'occuper de lui à présent, pas l'inverse. »

J'opinai du chef. Je continuai à lui parler médecine sans me rendre compte qu'elle voulait m'en dire plus sur le sujet. Sabine répondit aux questions de santé que je lui posais puis je l'amenai à la salle d'examen. La tumeur était petite et il me sembla qu'elle pourrait être traitée et présentait de bonnes chances de guérison.

Nous retournâmes tous les deux à mon bureau et j'expliquai à Michel que nous effectuerions quelques examens puis, probablement, une opération. En fonction des résultats, elle prendrait ou pas des médicaments. Mais rien de toxique ou de difficile à supporter. C'était une « princesse très délicate » et il m'importait de prendre garde aux effets secondaires des médicaments.

Ils furent très soulagés par mes commentaires. Comme j'indiquais que je devais terminer la consultation, Sabine me demanda si je n'étais pas curieux de voir de petits vieux si amoureux. Elle ajouta qu'ils étaient réellement frère et sœur. Je rétorquai que j'avais d'abord pensé qu'ils étaient mariés, en effet. Elle sourit, lui aussi. Je demandai de quelle région de France ils étaient originaires. Ils échangèrent des regards et elle répondit qu'ils étaient de Paris. Ils avaient survécu en France aux horreurs de la Seconde Guerre mondiale. Sabine rappela que l'agression des nazis avait débuté en mai 1940.

Elle se souvenait très bien de ses peurs paniques lorsque, petite, elle entendait les grondements de la *Blizkrieg*. C'est le nom que les nazis avaient donné à leur attaque-éclair. C'était horrible. La puissance de feu des Allemands était terrifiante.

Michel l'interrompit, assurant qu'il était évident que les nazis se préparaient à la guerre depuis longtemps. Il ajouta que les Français avaient été défaits sans aucune réaction significative. Ce qu'on appelait la ligne Maginot s'était montré inutile. L'armée française avait construit toute une série de fortifications reliées par des rails souterrains à la frontière de l'Allemagne. Rien n'avait fonctionné.

Les troupes alliées furent repoussées jusqu'à la Manche. En quelques semaines, le nord et l'ouest de la France étaient passés sous domination allemande. Paris capitula le 14 juin 1940. Michel me confia qu'il n'oublierait jamais les images d'Hitler défilant devant l'Arc de Triomphe et sur les Champs-Élysées. Dans les autres régions du pays, devant l'avancée allemande, des millions de gens fuyaient, laissant derrière eux maisons et biens.

Michel poursuivit sa description des événements, oubliant complètement que le contexte était celui d'une consultation médicale. Il semblait que le moment vécu était une chance de plus pour lui de mener à bien sa catharsis, d'expectorer les traumatismes qui le hantaient. J'écoutais tout avidement, les fixant.

« Plus de dix millions de Français avaient fui, désespérés, vers le sud du pays, comme ils pouvaient, en train, en voiture, en bicyclette, à pied. » Paris fut déclarée « ville ouverte ». À la fin du mois de juillet de la même année, le président Albert Lebrun fut contraint de signer l'armistice avec les Allemands.

La France fut divisée en deux zones : au nord la zone occupée, au sud la zone libre, dont la capitale était Vichy, où s'installa un gouvernement fantoche de collaboration placé sous l'égide du maréchal Pétain. « Ce pouvoir était ouvertement nationaliste et antisémite et fit de la vie des juifs un enfer », commenta Sabine. « On limita notre droit d'aller et venir, on confisqua nos biens et on finit par envoyer les juifs en camps de concentration », ajouta Michel.

À compter de 1942, les nazis occupèrent Vichy. La plupart des Français n'acceptaient pas la situation humiliante de soumission à l'ennemi. Alors se forma un mouvement de résistance qui appuya les actions militaires alliées. Michel était un de ces résistants. En tant que juif, il ne manquait pas de raisons de l'être. Beaucoup de ses amis avaient été déportés vers on ne savait où.

Au début de la résistance, il aidait à couper des lignes de communication des Allemands dans les environs de Paris. Il participait aussi à des attentats visant des soldats du Reich. Michel avait très vite perçu qu'en tant que juif son destin était tout tracé. C'était ou la fuite ou la mort.

Les choses s'améliorèrent avec le débarquement des alliés en Normandie de juin 1944, le « D-Day ». Très vite, Paris fut libéré. À la fin de la même année, presque tout le pays était délivré des Allemands.

Michel me raconta qu'il vivait avec sa famille dans le Marais, le quartier juif de Paris. L'occupation nazie y avait changé brutalement la donne. Les omnibus étaient rares et le métro ne fonctionnait que quelques heures par jour. Quand il fonctionnait, il était totalement bondé. Sabine était toute petite à l'époque, mais elle se souvenait parfaitement des difficultés que les gens affrontaient pour se déplacer.

Un autre problème était le manque de nourriture. Tout était rationné ou avait disparu de la circulation. Le marché noir régnait en maître. Pour obtenir du beurre, du lait, des œufs, de la viande, du café, du pain, du vin, il y avait d'énormes files d'attente. L'hiver, les maisons étaient glacées, car le charbon était rationné. Il fallait, pour s'en procurer, se rendre jusqu'aux fabriques qui en produisaient pour les occupants.

Michèle indiqua que les juifs étaient ceux qui avaient le plus souffert de l'occupation. Comme s'il n'eût pas suffi qu'ils perdissent leur maison, il ne leur était pas permis d'exercer leur profession de professeurs, de médecins, d'avocats ou de commerçants. Subitement, d'un jour à l'autre, les Allemands avaient ordonné à la police française de s'emparer de tous les juifs de moins de quatorze ans. À Vichy, on capturait même des enfants.

Sabine ironisait sur la devise nationale « liberté égalité fraternité », sur ces valeurs de la Révolution française qui avaient attiré en France des immigrants venus de toute l'Europe, parmi lesquels des juifs, désireux d'y entamer une nouvelle vie, que valaient-ils, ces si beaux principes, à l'époque ? Comme beaucoup, leurs familles s'étaient installées dans le Marais. Michel avait étudié à l'école des *Hospitalières-Saint-Gervais.* Il y avait tant d'élèves juifs dans cette école que le samedi, on n'y donnait pas cours.

Au cœur du mois de juillet 1942, en début de matinée, la police française rafla les familles juives. Plus de 13 000 personnes furent emmenées, dont près de 4000 enfants. Ils s'amoncelèrent dans le Vélodrome d'Hiver. On sépara les enfants de leurs parents. C'était atroce.

Pendant la Seconde Guerre mondiale, racontait Michel, un de ses amis avait été secouru par la famille du chanteur d'origine arménienne Charles Aznavour qui avait étudié dans une des écoles du quartier. Il vivait avec ses parents dans un appartement de la rue de Navarin, à proximité de l'endroit où Sabine et lui résidaient du vivant de leur mère.

Michel avait entendu dire que les déportations conduisaient d'abord au camp de transit de Drancy puis à cet « Auschwitz » que l'on redoutait tant. À cette nouvelle, il prit Sabine dans ses bras et s'enfuit dans un parc des environs. La petite avait cinq ans, c'était presque un bébé. De là, ils furent se cacher dans un grenier qui appartenait à un des amis de Michel, membre de la résistance. Pour finir, ne se présenta plus à eux que la solution de se cacher dans les égouts de Paris.

Je savais des égouts de Paris ce qu'en disent *Les Misérables* d'Hugo. J'ai lu une biographie qui atteste sa proximité avec Pierre Emmanuel Bruneseau, l'un des architectes de leur création. C'est de là que vient la familiarité de l'auteur avec ce thème, une familiarité patente.

Au XIVème siècle, sous le règne de Philippe Auguste, on commença à paver les rues et à aménager des canaux d'écoulement. Pendant l'épidémie de choléra de 1832, à Paris, les égouts se déversaient directement dans la Seine. C'est pourquoi

Napoléon III ordonna au préfet de Paris, le baron Haussmann, de moderniser la ville.

Haussmann fit d'Eugène Belgrand le responsable de la conception des égouts de la capitale française. En 1854, il y avait déjà installé un réseau de plus de 1300 kilomètres. Haussmann était connu comme « l'artiste démolisseur », c'est lui qui conçut le plan de réforme urbaine de Paris.

C'était un homme à tout faire : avocat, haut fonctionnaire, homme politique, administrateur… Il est l'auteur de modernisation de la ville. Il réunit, pour réaliser son œuvre, les meilleurs architectes et les meilleurs ingénieurs français de l'époque. Il donna naissance à un nouveau Paris, le Paris des parcs et des grands édifices. Il passa commande de la construction de l'Opéra de Paris à l'architecte Charles Garnier.

Haussmann fut à l'origine de grandes améliorations dans le système de distribution d'eau de la capitale et fit construire un réseau d'écoulement qui courait entre La Villette et les Halles. Sur ordre de Napoléon III, il fit démolir vieilles rues, commerces décrépis et logements insalubres, édifiant une ville aux larges avenues et aux grands boulevards. Il créa un ensemble de douze avenues comme émanant de l'Arc de Triomphe, où l'on construisit de grands hôtels particuliers qui embellissent encore le Paris contemporain.

Michel changea de sujet et se mit à me raconter que vers la fin de la Seconde Guerre, le vent avait tourné. Vers 1944, la résistance commença à s'attaquer aux soldats allemands avec plus d'intensité, à même les rues de Paris. Il semblait en effet que l'hypothèse d'une défaite des nazis n'était plus fantaisiste.

De nombreux combats se tinrent au cœur du Quartier latin et s'étendirent jusqu'aux abords de la préfecture de police, dans l'Île de la Cité. Les combats se répandirent bientôt dans tout Paris. Heureusement, les chars de l'armée française du général de Gaulle firent bientôt irruption boulevard Saint-Michel pour soutenir les résistants. Ce fut la libération de Paris.

Michel affirmait que la date du 25 août serait à jamais gravée dans la mémoire des Français : comme on entendait encore des tirs dans la ville, on y avait vu de Gaulle défiler sur les Champs-Élysées au son de la Marseillaise.

Selon Michel, la fête de la Libération de Paris avait été un événement indescriptible, le bonheur des gens, le drapeau tricolore flottant au vent d'été, les embrassades et les baisers, les gens qui se retrouvaient, beaucoup d'entre eux ayant perdu des membres de leur famille, les bouteilles de Champagne sabrées, presque toutes achetées au marché noir : ce fut, à l'en croire, un moment inoubliable !

Il était incroyable que les deux juifs, lui qui avait déjà dix-neuf ans, elle qui en avait sept, eussent survécu à ces horreurs, l'essentiel du temps cachés dans les égouts… Sabine me demanda si ces choses affreuses qu'ils me racontaient étaient bien « des choses à raconter lors d'une consultation médicale. »

Je lui répondis que quelque question que ce fût qu'elle voulût aborder avec moi était la bienvenue. J'ajoutais que j'avais toujours voulu en savoir plus sur cette période, que j'étais friand des témoignages de gens qui avaient vécu ces temps affreux.

Elle regarda Michel et Michel me regarda. Elle me demanda si j'avais idée de la raison pour laquelle mon oncle était si voûté. Je répondis que non. Elle me dit que je l'apprendrais et que je saurais aussi pourquoi ils avaient toujours vécu ensemble comme un couple. Je comprendrais bien vite pourquoi ils se défendaient toujours l'un l'autre.

Sabine se mit à me raconter ces mois interminables où elle et son frère étaient demeurés tapis dans les égouts de Paris.

Chaque jour, Michel en sortait pour trouver quelque chose à manger, les reliefs de quelque repas, n'importe quoi. Il revenait le soir tombé. Elle restait tout ce temps dissimulée derrière un gros tuyau afin que personne ne remarquât sa présence.

Je ne comprenais pas bien pourquoi Michel marchait si voûté… une blessure par balle ? l'effet d'une explosion ? une grenade ?

Je n'attendis pas longtemps la réponse. Sabine me raconta qu'ils passaient le plus clair de leur temps partagé cachés dans les égouts, respirant l'odeur méphitique de l'urine et des excréments. C'était indicible, immonde.

Comme le niveau des eaux usées qui s'écoulaient dans les égouts variait beaucoup en 24 heures, en fonction de la pluviosité, Michel passait la nuit debout, appuyé contre un mur. Pour qu'elle fût en sécurité, il la portait en permanence sur ses épaules. Michel craignait que si le niveau des eaux venait à monter par trop, la petite ne se noyât. «Vous n'allez pas le croire, docteur, mais quand nous vivions terrés là, mon frère ne dormait pas de la nuit. Il me veillait. Il mourait de peur d'en venir à s'endormir, de s'agenouiller ou de s'assoir sans s'en apercevoir, de voir le courant m'emporter, que je mourusse noyée !»

Et voilà pourquoi Michel était, depuis lors, un homme penché.

V.

LES BROMÉLIAS

Marcel était un adorable petit vieux. Il avait apporté les résultats des examens de sa femme, examinés auparavant par un de mes confrères. Il ne mesurait pas plus d'un mètre cinquante. Ses cheveux étaient blancs et rares, taillés à la tondeuse comme ceux d'un soldat. Il avait un nez énorme et une barbe de trois jours. Il ne lui restait que quelques dents de devant. Mais cela n'ôtait rien à la beauté de son sourire.

Il portait un pull vert sombre, de ceux que l'on tricote à la maison, un vêtement modeste. Il semblait avoir subi son lot d'outrages du temps. Le col et les manchettes un peu jaunies d'une chemise blanche dépassaient du pull en tricot. Son pantalon était anthracite, un peu froissé et paraissait trop large de deux tailles, il était maintenu à la taille par une vieille ceinture de cuir grossier dont la boucle argentée était frappée des initiales « MG ».

Il avait un très fort accent français : comme je l'invitais à entrer, le petit homme avait laissé échapper un « Prrrrrofesseurrrrrr Giiiiiiilbertoooo, parrrrrdonnez-moi si je vole un peu de votrrrre temps... » si courtois qu'il avait vivement attiré mon attention. Il m'expliqua que sa femme Marie avait été examinée par un de mes confrères, mais qu'elle était très inquiète et qu'elle lui avait demandé d'essayer d'obtenir que j'analysasse ses résultats. Elle n'était pas en mesure d'attendre une semaine la prochaine consultation.

Je répondis que le recevoir était un plaisir. Je le priai de s'assoir et j'ouvris l'enveloppe qui contenait les résultats. Ils me semblaient normaux. Son épouse pouvait être tranquille. Elle était atteinte d'une maladie facile à garder sous contrôle : il suffisait d'en observer régulièrement l'évolution. Marcel était rayonnant. Il me remercia et c'est à ce moment seulement que je remarquai qu'il était porteur de quelque chose qu'il avait emballé dans du papier journal.

Avec le sourire de qui sait la valeur de ce qu'il offre, il déballa l'objet avec soin. C'était une belle orchidée plantée dans un pot de plastique noir qu'il avait apportée pour me l'offrir. C'était sa façon de me remercier de l'avoir reçu. Il me confia que les choses s'étaient passées comme il l'avait prévu.

Ma secrétaire lui avait assuré que je trouverais un créneau pour lui, même s'il devrait attendre un peu.

Je le remerciai pour le cadeau. Je lui confiai que j'étais fasciné par les fleurs. Rien n'aurait pu me faire plus plaisir que cette orchidée. Plein de fierté, il se rengorgea et répondit qu'il était orchidophile.

Dans sa résidence et celle de Marie, rue Corte Real, à *Petrópolis,* il possédait une collection d'orchidées de bon niveau. Il me raconta qu'il appartenait au Cercle *Gaúcho* des orchidophiles, le CGO, une confrérie qui réunissait ceux qui aimaient, cultivaient et collectionnaient les orchidées. C'est du reste lui qu'il l'avait fondé en 1949, peu après son arrivée au Brésil en provenance de Belgique.

« Les orchidées m'ont sauvé de la folie, docteur », me dit-il avait un sourire presque triste, comme s'il voulait poursuivre la conversation. Je répondis sur un ton badin que moi aussi, je possédais quelques orchidées qui m'aidaient à préserver ma santé mentale. Peut-être aimerait-il les voir.

Marcel se montra surpris de ma réponse. Je possédais divers cattleyas, quatre laelias, deux « sabots de Vénus » et un dendrobium « œil de poupée ». Il adora l'apprendre, je lui confiai aussi que je possédais une belle collection de bromélias dans ma propriété de Barra do Ribeiro, et que, des années auparavant, je m'étais inscrit aux cours que donnait le professeur Sergio Englert, spécialiste ès fleurs, dans la zone sud de Porto Alegre.

Il me dit qu'il le connaissait. Il avait déjà échangé des boutures avec lui. La fréquentation de Marcel me ravissait. Nous conversâmes plus d'une heure. Je l'invitai à venir voir mes bromélias. J'en avais beaucoup. Je lui promis qu'il serait impressionné. Il accepta mon invitation. Un samedi matin, deux semaines plus tard, j'allai le chercher chez lui en voiture et nous nous rendîmes chez moi.

Il adora ma collection de bromélias. À l'époque, elle comptait presque 80 espèces brésiliennes. Je les cultivais dans une petite forêt artificielle, *in natura*, dans leur milieu naturel reconstitué, plantées en terre. J'avais retiré la végétation rase et regroupé douze à quinze exemplaires de chaque espèce.

L'effet esthétique obtenu était impressionnant. On avait l'impression d'être immergé dans un monde occulte et lumineux. Marcel fut émerveillé. Ma collection de bromélias était dissimulée dans cette serre. Quand on y entrait, on était surpris par une clarté pleine de taches colorées de quelque deux mètres de diamètre. Chacune des 80 taches colorées représentait une espèce de bromélia.

En plus de se sentir honoré par mon invitation, il goûtait ce qu'il voyait, car il aimait la nature. Moi-même, quand je circulais au milieu de mes bromélias, surtout au début de l'été, j'entrais presque en transe devant la beauté et la multiplicité de leurs nuances. Je n'exagère pas : j'avais l'impression d'être comme

Dante dans la *Divine comédie*, quand il est aux portes du paradis, au bras de sa muse Béatrice.

Après une longue promenade parmi les bromélias, nous nous rendîmes dans le jardin de la maison. Je l'invitai à prendre un thé accompagné de savoureux biscuits au chocolat que mon épouse Leonor avait achetés spécialement pour l'occasion chez «Max», la pâtisserie de la rue Coronel Bordini, tout près de la maison. Nous entamâmes une conversation animée.

Sans conteste, Marcel était un homme enchanteur. La manière dont ses mains manipulaient la soucoupe et la tasse, celle dont il versait avec soin le lait dans le thé, dont il les mélangeait avec la petite cuillère, tout attestait sa bonne éducation.

J'avais remarqué, au cours de notre première conversation au cabinet, qu'il avait au cou une petite chaîne portant une étoile de David : comme moi, Marcel était juif. Au nom de son épouse qui figurait sur sa fiche médicale, «Ginzburg» j'avais imaginé qu'il s'appelait «Marcel Ginzburg». Cela correspondait au reste aux initiales «MG» de sa ceinture. Quand je lui demandai d'où il venait, il confirma qu'il était issu d'une famille juive de Bruxelles. Il ne dissimula pas sa fierté quand il mentionna qu'il était parent de Serge Gainsbourg, dont le vrai nom était «Lucien Ginzburg».

Je lui confiai que j'adorais les compositions de son cousin. Il m'adressa un grand sourire qui laissa apparaître les quelques dents qui lui restaient sur le devant.

Je l'informai que la chanson *Poupée de cire, poupée de son* composée par Gainsbourg et interprétée par France Gall, une blondinette très sensuelle, avait gagné l'Eurovision en 1965. Et, pour témoigner de ma connaissance de l'œuvre de son parent, je chantonnai : «*Je suis une poupée de cire, une poupée de son. Mon cœur est gravé dans mes chansons, poupée de cire poupée de son*». Quand j'étais adolescent, je suivais dans la presse l'histoire d'amour entre Gainsbourg et Jane Birkin. C'était une de nos idoles, à moi et à mes camarades. Gainsbourg avait provoqué un scandale en donnant une version reggae de l'hymne national français, la *Marseillaise*, une chanson révolutionnaire du XIXème siècle composée par Claude Rouget de Lisle, accompagné par des musiciens jamaïcains. L'extrême droite française avait voulu le tuer pour cet affront.

Sa *sprezzatura* et la facilité avec laquelle il conquérait de belles femmes me fascinaient. Il se maria avec Jane Birkin et ils eurent une fille, Charlotte, qui est devenue une actrice réputée.

Comment oublier *Je t'aime moi non plus*? C'était de l'érotisme à l'état chimiquement pur. À l'époque, le sexe occupait toutes les pensées de Gainsbourg. Dans un film de Joann Sfar intitulé *Gainsbourg (vie héroïque),* son personnage converse avec une sorte

« d'alter-ego » une créature avec une tête de rat et un long nez, qui évoque probablement de façon satirique ses origines juives. Selon son caprice, il dessinait, jouait du piano, composait et surtout, s'engageait dans des aventures amoureuses improbables avec des femmes splendides. Soyons justes : Gainsbourg n'était pas à proprement parler un modèle de beauté. Il était très laid et cela nous laissait espérer que peut-être, à l'avenir, nous aurions la même chance que lui avec les femmes.

Je posai à Marcel des questions sur sa famille et lui demandai s'il avait passé la deuxième guerre mondiale en Belgique. J'imaginais qu'il était venu au Brésil après avoir survécu aux horreurs du nazisme. Il confirma de la tête. Il ne répondit rien mais releva simplement la manche de sa chemise pour me montrer les chiffres tatoués sur son bras, symboles de l'animalisation de l'homme qui avait cours dans les camps d'extermination allemands.

Il me raconta qu'un peu après le début de la guerre, sa mère l'avait envoyé se réfugier dans la maison d'un parent qui vivait dans la province française. Elle avait pensé qu'il serait plus facile pour lui de se cacher là si la situation des juifs empirait vraiment. Des mois plus tard, son oncle avait obtenu son inscription dans une école des environs de Paris. À cette époque, il était déjà contraint d'arborer l'étoile jaune.

Il subissait une forte discrimination à l'école. Mais son institutrice était très gentille. Elle insistait pour qu'il portât une blouse sur ses vêtements afin de cacher cette étoile cousue sur la droite de sa poitrine, cette étoile infamante qui attestait de façon incontestable son péché originel : celui d'être né juif. Elle voulait qu'il n'éprouvât pas d'embarras auprès de ses condisciples.

Au milieu de l'année 1942, néanmoins, la situation avait beaucoup empiré. Un jour comme les autres, un groupe de nazis, porteurs de longs manteaux de cuir, firent irruption dans la salle de classe. L'un d'eux lut à voix haute le nom de trois enfants. Marcel frémit : il était l'un d'eux. L'institutrice fondit en larmes. Un des hommes lui administra un soufflet. Elle tomba à terre, la bouche en sang. Elle dut garder le silence, recueillie dans un coin de la salle de classe.

En écoutant Marcel, je me souvenais du film autobiographique *Au revoir les enfants* de Louis Malle, qui racontait une histoire toute pareille. L'élève d'un internat y est le témoin de l'irruption d'agents de la Gestapo dans son école. Un professeur et trois élèves juifs sont arrêtés devant lui et déportés à Auschwitz. Je soulignai devant Marcel la ressemblance des deux histoires.

Il ajouta qu'il avait toujours été chétif, qu'il avait toujours eu un grand nez et que son aspect physique l'avait conduit à être appelé « le vieux juif » par ses camarades. Cela l'humiliait beaucoup. Mais le temps passant, ce surnom lui devint plus tolérable. Il dit qu'il avait été entraîné par sa mère et par ses parents français à ne jamais réagir. Ils disaient que cela aggraverait les choses. Marcel devait accepter sa condition de juif et endurer les méchancetés dont il serait victime.

Il me confia qu'aujourd'hui, il pensait qu'il agirait différemment. Mais il n'en était pas sûr. Il me dit qu'il avait vu à la télévision, quelques années auparavant, un film qui avait évoqué pour lui une situation qu'il avait vécue à Auschwitz. Le film s'appelait *Le Garçon au pyjama rayé*. C'était l'histoire d'un enfant dont le père était un officier nazi qui dirigeait un camp de concentration. Il se liait d'amitié avec un enfant juif qui s'était approché de lui depuis l'autre côté des barbelés. Le petit Allemand avait confondu l'uniforme des internés avec un pyjama.

Marcel me raconta qu'il avait vécu une expérience toute semblable. Plusieurs semaines durant, il avait entretenu une conversation avec une petite Allemande d'une douzaine d'années, une très jolie petite aux yeux verts. Elle était la fille d'un important gradé allemand. Ils se parlaient à travers les petits espaces ouverts dans l'enceinte d'isolement. La petite fille semblait tout à fait normale. Il n'avait jamais plus entendu parler d'elle. Mais, parfois, elle lui apparaissait en rêve.

Comme Marcel décrivait les humiliations subies de la part de ses camarades qui l'appelaient « le vieux juif », me vint en tête l'image de Fagin, un vieux juif au long nez crochu, receleur et chef de la bande de petits voleurs qui apparaît dans *Oliver Twist* de Charles Dickens.

Dans certains passages du livre, on l'appelle « le juif ». C'est le personnage d'un vieil avare qui tire profit de ce que les enfants volent dans les rues de Londres et qui garde l'essentiel du produit de leurs larcins pour lui. Étrangement, quand j'étudiais à Londres, j'ai entendu un de mes professeurs utiliser à voix basse le mot « Fagin » pour désigner de façon dépréciative un de ses confrères. C'était une antonomase pour désigner quelqu'un de vil qui manipulait des personnes sans défense dans le cadre de pratiques illégales. D'après ce que j'ai lu, néanmoins, Dickens était considéré comme un homme bon, qui s'était livré à des activités philanthropiques et qui avait une fibre sociale. Il avait nié publiquement vouloir parler en mal des juifs dans ses écrits. Tout au contraire, il affirmait entretenir des relations d'amitié avec de nombreux individus d'origine juive.

Mais le fait est que dans certaines rééditions d'*Oliver Twist*, on trouve toujours des commentaires dépréciatifs portant sur Fagin qui est, la plupart du temps, désigné comme « le juif ». Certains suggèrent que Dickens a créé ce personnage en s'inspirant d'un vieux juif qui vivait dans le quart-monde londonien et qui s'appelait Solomon.

Rendons justice à Dickens : on sait qu'il a retiré des éditions ultérieures de son œuvre le surnom « le juif » pour lui substituer le patronyme « Fagin ». Mais on dit que cet amendement était lié au fait que l'auteur était devenu l'ami d'un banquier juif dont il avait acheté la maison à Londres. Dickens avait par la suite créé d'autres personnages de juifs, dont le plus célèbre était « Monsieur Riah », un autre vieux juif, mais cette fois il s'agissait d'un personnage très généreux qui trouvait des emplois pour les femmes pauvres dans ses fabriques.

Willian Eisner, le célèbre dessinateur et écrivain américain, lui aussi descendant de juifs Européens qui avaient émigré aux États-Unis, avait en quelque sorte réhabilité Fagin : il en avait fait le héros plein d'humour et d'ironie de ses bandes dessinées.

Au cours de notre conversation, Marcel remémora aussi Shylock, l'usurier du *Marchand de Venise* de Shakespeare. Mais il défendait le grand dramaturge : le personnage de Shylock lui apparaissait, chez le dramaturge anglais, le support d'un appel à la réflexion sur l'inégalité entre les êtres humains.

Marcel récita à mon intention, de mémoire, un extrait du texte qui dit : « *Alors un juif n'a pas d'yeux ? il n'a pas de mains, d'organes, de sentiments, de passions ? Il ne s'alimente pas des mêmes aliments, il n'est pas victime des mêmes maladies ?* ». Il ajouta, comme s'il était le personnage : « *Si on nous pique, ne saignons-nous pas ? si on nous chatouille, ne rions-nous pas, si on nous empoisonne, ne mourons-nous pas ? Et si vous nous outragez, ne nous vengeons-nous pas ?* ».

Les mots de Marcel m'émurent beaucoup. Sa culture m'avait impressionné, son intelligence aussi, mais surtout sa grande douceur. Dans son portugais plein de « *r* » gutturaux, ce petit monsieur au corps délicat et minuscule, au nez énorme, que j'avais connu si récemment, était déjà plus proche de moi que nombre de mes amis.

Je m'identifiais à lui. C'était peut-être en raison du fait qu'on lui avait appris à ne jamais esquisser de réaction, même quand il était soumis aux pires humiliations. Je savais très bien de quoi il parlait.

Marcel approfondit son analyse du personnage de Shakespeare : il rappela ce moment du *Marchand de Venise* où Shylock pose comme condition de son prêt à Antonio qu'il lui cèdera « une livre de sa propre chair » s'il ne le rembourse pas à temps. Aux yeux de Marcel, le vieillard se vengeait de la sorte des humiliations qu'il avait subies.

Mon invité Belge avait la certitude que Shakespeare avait utilisé le stéréotype du juif pour susciter la réflexion sur des sujets névralgiques touchant à la condition humaine : la vengeance, l'amitié, l'intérêt ou le mépris, sentiments que nous partageons tous. J'étais parfaitement d'accord avec lui.

Cet après-midi-là, le temps avait filé. Nous avions évoqué sa vie pendant des heures. Mieux, nous avions évoqué nos vies. J'avais si parfaitement appréhendé ses sentiments qu'il m'avait été impossible de ne pas les partager. Toutefois, il affirmait qu'il avait connu aussi des moments très gais au cours de son existence. Il avait beaucoup appris sur les gens et sur leur façon de réagir aux moments difficiles. Il disait que c'était dans ces occasions que les êtres humains révélaient vraiment leur manière d'être et de penser.

Il n'avait conservé de rancune envers personne. Il n'en voulait même plus à ces bourreaux du camp de concentration dont il s'était évadé une nuit avec deux autres garçons dont l'un avait dû tuer un gardien. Marcel n'en avait pas eu besoin pour sa part : grâce au ciel, ses mains n'avaient jamais trempé dans le sang d'un homme. Il avait des voisins d'origine allemande à Porto Alegre, Hans et Frida, qu'il tenait pour des gens charmants. C'étaient ses amis. Pourtant, ils étaient aussi allemands que les nazis qui l'avaient maltraité.

Tout ceci dit, Marcel quitta son visage grave et sourit, il me demanda si, avant que nous nous séparassions, j'avais le temps d'entendre une histoire qu'il avait vécue et qu'il jugeait fort drôle. J'acquiesçai. Il me raconta qu'un soir, lui et sa femme avaient invité ce couple de voisins allemands à dîner chez eux.

Marie cuisinait très bien et elle avait préparé une série de spécialités.

Marcel ouvrit une parenthèse : il me rappela que la cuisine française était le produit d'un héritage séculaire. Elle avait maintenu sa haute qualité depuis les temps médiévaux. La variété de plats, de saveurs et d'ingrédients qu'elle proposait était sans égal.

Quoiqu'il fût Belge, il admettait que les Français étaient imbattables en cuisine. Le pays était divisé en vingt-deux régions et chacune d'entre elles avait une gastronomie propre. Marie, par exemple, avait passé sa jeunesse dans le nord-ouest du pays, région fameuse pour son utilisation du beurre. Elle préparait à la perfection les desserts à base de pommes. C'était là une très douce musique aux oreilles des voisins allemands.

Sa cuisine était un baume pour les papilles gustatives de ceux qui la goûtaient. Le menu du dîner était le suivant : d'abord une soupe à l'oignon cuisinée à feu doux au vin blanc dans laquelle étaient plongés des croûtons, recouverte de fromage râpé gratiné puis, en guise de pat de résistance, du veau à la sauce blanche, aux carottes et au beurre, enfin, au dessert, des pommes au four. En un mot, un dîner formidable.

Hans et Frida n'en revinrent pas.

Marcel ne savait pas dire si c'était en raison de la générosité du repas ou parce qu'il avait trop bu de vin, mais le fait est qu'Hans commença à se répandre en déclarations d'amour pour Marcel et Marie. À moitié gris, il se mit soudain à sangloter. Son épouse était très embarrassée.

Hans se mit à évoquer les horreurs que les nazis avaient fait subir aux juifs pendant la guerre. Il parlait, parlait, en serrant les mains de Marcel. Il voulut aussi baiser les mains de Marie comme pour lui demander pardon.

Il disait que, pendant la guerre, même s'il était au Brésil, il avait tout su des monstruosités des nazis.

Il reconnut qu'il avait feint de ne rien savoir de toutes ces atrocités et que sa passivité avait été impardonnable. Il savait, oui, il savait. Un de ses frères aînés, Otto, déjà décédé, qui avait vécu au Brésil après la guerre, avait combattu dans l'armée hitlérienne. Dans le plus grand secret, il lui avait tout raconté.

Le pire, confiait Hans, c'est qu'il avait vu son frère tenter de trouver une logique à cette boucherie ; de la justifier. Il disait qu'Hitler rêvait à un monde nouveau, dans lequel la race allemande génétiquement supérieure dominerait la terre. Marcel racontait ce dîner avec un luxe de détails impressionnants. Hans leur confia que même après la guerre, Otto recevait des courriers adressés par d'anciens membres de

« l'action intégraliste Brésilienne », un mouvement politique inspiré du fascisme italien, du national-socialisme allemand et de l'intégralisme portugais, tous courants ouvertement antisémites. À l'époque, des séides de Plinio Salgado, qui se faisaient appeler « les chemises vertes », étaient encore actifs. Ils invitaient Otto à participer à des meetings secrets, à proximité de l'avenue Indipendência, à l'endroit où se trouve aujourd'hui l'hôpital Moinhos de Vento. Un jeune homme nommé Barroso, descendant d'un politicien décédé qui avait pris part au mouvement intégraliste Brésilien dans les années 1930, se livrait même ouvertement à de la propagande antisémite.

Marcel me confia que le dîner, qui avait tout pour être une occasion gastronomique plaisante, se mua en une véritable catharsis pour le pauvre Hans. Le pire, c'est que Marcel avait cru que le destin lui avait fait rencontrer des spécimens de la race allemande qui n'avaient rien contre les juifs. Or, quand Hans l'avait étreint sur le seuil de la maison, lui serrant les bras, il lui avait dit avec une haleine qui empestait l'alcool à des kilomètres : « mon cher voisin, je vous adore tous les deux. Vous êtes des gens éduqués, cultivés, vous savez bien traiter les gens, *on n'imaginerait pas une seconde que vous êtes juifs!* ». Marcel et Marie s'étaient regardés, évidemment totalement désappointés, et l'avaient remercié. Hans et Frida avaient pris congé, sans doute convaincus de ce qu'ils leur avaient rendu là le plus vibrant des éloges...

Sur le trajet du retour à Porto Alegre, nous commentâmes cette histoire joyeusement. Nous rîmes parce que rire est une des stratégies dont usent les juifs pour conjurer leur souffrance. L'humour juif a constitué, tout au long de l'Histoire, un puissant antidote aux humiliations. Rire de soi a toujours atténué, fût-ce momentanément, chez les juifs, l'effet des avanies de la vie. Ils ont toujours trouvé dans le rire une occasion fugace de prendre du plaisir. En outre, la blague juive ne produit pas un rire fruste : elle procède de l'idée qu'un éclat de rire doit toujours précéder une réflexion.

Quelque deux ans plus tard, Marcel mourut dans son jardin. Il ne mourut pas comme mon grand-père Jaime, en sculptant un plateau d'échecs, mais en faisant ce qu'il aimait le plus : s'occuper de ses orchidées. Il savait que ces fleurs étaient admirées pour leur beauté et qu'elles exigeaient des hommes le plus grand soin.

Il n'avait jamais manqué de mettre du gravier au fond des pots pour faciliter le drainage de l'eau. Il n'avait jamais laissé les plantes passer les limites de leur récipient. Il en nourrissait toujours la terre avec des copeaux de bois ou des épines de pin, il allait jusqu'à stériliser son sécateur avant chaque taille pour ne pas leur transmettre de maladie. Je comprenais parfaitement ces précautions. Je cultivais le même sentiment protecteur à l'endroit de mes bromélias. C'étaient des membres de ma famille.

Marcel m'avait confié qu'après la taille, il appliquait sur les plaies un peu de détergent mêlé à de l'eau afin qu'elles ne se creusassent pas puis un peu de poudre de cannelle pour qu'elles cicatrisassent bien. Quand apparaissaient des feuilles sombres, il les retirait et changeait les orchidées de place : comme nous, les humains, les orchidées ont parfois besoin d'un surcroît de lumière.

Marie me téléphona pour m'informer de sa mort. Elle était triste mais elle paraissait sereine : elle savait que Marcel avait connu une mort rapide et sans souffrance. Il avait traversé tant d'événements tragiques ici-bas qu'il aurait sans doute considéré que ç'avait été une belle mort que la sienne…

Mon ami belge n'avait pas eu le temps de me dire au revoir, mais il avait fait bien mieux : il avait planté, là, au profond de mon cœur, la plus belle des orchidées.

VI.

LE CUIRASSÉ POTEMKINE

Nous étions en 1976. Je décidai de m'inscrire au « Club du cinéma » de Porto Alegre. En sus des programmations thématiques autour de figures du cinéma comme Bergman, Antonioni, Fellini ou Truffaut qui se tenaient dans plusieurs salles de la ville, on pouvait, grâce à l'association, assister à des films d'art et essai les dimanches matin au « Vogue », 640, rue Independência.

Elle proposait à ses abonnés des films de très haute qualité, grands classiques, œuvres d'avant-garde, cinéma d'auteur. Elle projetait tout ce que la planète comptait de plus original en matière de production cinématographique. Je pus par exemple grâce à elle voir *Fanny et Alexandre* de Bergman, Bergman sur lequel, soit dit en passant, j'ai lu quelque part que, durant le tournage du film, il ne se nourrissait que de lait et de biscuits, souffrant d'atroces douleurs liées à un ulcère à l'estomac.

C'est grâce au Club que j'ai vu pour la première fois *La Kermesse héroïque* de Jacques Feyder, un classique français en noir et blanc de 1935. L'histoire se déroule dans une petite ville occupée par les Espagnols, en Flandre, au XVIIIème siècle. La population s'y délivre des envahisseurs en organisant une fête à leur intention.

J'allais parfois seul aux projections, parfois j'y invitais un ami. Je m'asseyais dans un fauteuil à côté de deux dames d'âge mûr de type européen qui se ressemblaient énormément. J'imagine qu'elles devaient être sœurs. Nous n'avons jamais échangé un mot.

Un dimanche, l'une d'elles ne vint pas. La physionomie de l'autre ne me parut pas traduire de préoccupation particulière. Je n'osai pas lui demander pourquoi elle était venue seule et conservai cela à l'esprit.

La semaine suivante, la dame vint de nouveau seule. Je ressentis une étrange angoisse et résolus de lui demander ce qui s'était passé mais, derechef, ma timidité m'interdit d'adresser la parole à ma collègue du Club.

Je passai la semaine entière à me préparer à l'affronter le dimanche suivant. À ma grande surprise, en arrivant au Vogue, je vis les deux femmes qui conversaient, absolument normalement, comme si rien n'était arrivé. Peut-être mon absentée avait-elle voyagé… Cette histoire ferait un beau récit, quoi qu'il en soit.

Quand le Club annonça qu'il allait passer *Le Cuirassé Potemkine* la semaine suivante, je fus très intrigué. J'avais lu dans une biographie de Charlie Chaplin que c'était l'un de ses films préférés.

Il n'était pas le seul : Billy Wilder, l'auteur de *Certains l'aiment chaud*, avait dit monts et merveilles du film d'Eisenstein.

Certains l'aiment chaud racontait l'histoire d'un saxophoniste, interprété par Tony Curtis, et de son ami, interprété par Jack Lemmon. Ils avaient été témoins d'un assassinat de la mafia de Chicago, qui les avait condamnés à mort, et s'étaient travestis et mêlés à un groupe de musiciens pour lui échapper. Curtis avait entrepris, singeant un millionnaire, la conquête de Sugar, jouée par Marylin Monroe, tandis que Lemmon était la proie d'un véritable millionnaire joué par Joe Brown, dans la bouche duquel est placée la réplique finale, « *nobody's perfect* », au moment où Lemmon, pour s'en débarrasser, lui avoue qu'il est un homme.

Le Cuirassé Potemkine est un film immanquable. Je crois que je l'ai vu une bonne dizaine de fois. Je l'aime toujours davantage. Il prête à des réflexions, à des commentaires sans fin.

C'est pourquoi je fus ravi quand le journaliste Roger Lerina m'invita en avril 2019 à venir discuter du film à l'Institut Ling de Porto Alegre.

Il avait créé une série de séances consacrées au cinéma dans ce centre culturel d'excellente tenue.

J'avais aussi des raisons personnelles de m'intéresser à ce film merveilleux. Gavril Svartsemanii, le frère de mon grand-père paternel Albert, qui était marin, avait été le témoin visuel de nombre d'événements de l'époque révolutionnaire russe, et en particulier de la mutinerie du Potemkine. Je suis donc en mesure, soit dit en passant, de contester les commentaires des tels prétendus spécialistes qui affirment que ladite mutinerie n'a en réalité jamais eu lieu. Les événements, selon eux, s'étaient produits ailleurs sur un autre navire. Mon grand-oncle Gavril infirmait formellement cette thèse : il avait même connu un marin qui faisait partie de l'équipage du Potemkine. C'est bel et bien la mutinerie de ce navire qui avait inspiré son scénario à Eisenstein, de lui et de nul autre. *Le Cuirassé Potemkine* sortit en 1925, quelques années seulement après révolution de 1917, qui vit l'abdication et l'assassinat du tsar Nicolas II et de sa famille par les bolcheviks.

La révolution d'Octobre avait été précédée par une tentative de soulèvement manquée, violemment réprimée par le régime, en 1905 : elle marqua la fin de l'absolutisme dans cet immense pays continental.

En 1917, la Russie tsariste était en proie à d'énormes tensions sociales qui résultaient des grandes différences de revenus au sein de la population, de la misère des classes laborieuses.

L'économie de l'empire était fragile, elle reposait essentiellement sur l'agriculture, et le pouvoir était menacé par l'insurrection des troupes qui venaient de subir une terrible déroute devant l'Allemagne sur le front oriental.

Quand la révolution eut gagné les principales villes de Russie, on constitua un gouvernement provisoire qui chercha d'abord à imposer une politique libérale. Mais pendant ce temps, avec l'appui financier des pays voisins, en particulier de l'Allemagne, les bolcheviks, dirigés par Lénine, se montrèrent très opportunistes et habiles dans l'utilisation de la propagande et de la mobilisation des masses, enrégimentant des troupes et des milices populaires.

Ils finirent par prendre la tête du mouvement révolutionnaire et, deux mois plus tard, en octobre de la même année (en novembre, pour nous), ils prirent le contrôle du pays en dépit de la guerre civile qui opposa, à partir de 1918 et jusqu'en 1921, l'armée rouge de Trotski à celle des opposants au gouvernement bolchévique favorables au tsarisme et aidés par l'Angleterre, la France, le Japon et les États-Unis, qui aspiraient à une restauration, « l'armée blanche ».

La guerre civile fut remportée en 1921 par l'armée rouge. Ce fut le moment pour le parti communiste de se structurer sous l'autorité des bolcheviks.

Lénine, Vladimir Illich Oulianov, le leader révolutionnaire communiste russe, dirigea la République russe de 1917 à 1918, puis la République socialiste fédérale soviétique de Russie de 1918 à 1922, enfin l'URSS, de 1922 à 1924.

Sous son leadership, le pays devint un État communiste gouverné par un parti unique, le Parti communiste. Lénine était issu de la grande bourgeoisie. Sa mère était la fille d'un médecin juif russe converti au christianisme orthodoxe.

Lénine se tourna vers le socialisme après l'exécution de son frère par les troupes du tsar, en 1887. Il fut expulsé de l'université pour avoir protesté contre le régime. Il obtint un diplôme de droit et se rendit à Saint-Pétersbourg où il intégra le Parti ouvrier social-démocrate de Russie, né en 1898 de la fusion de diverses organisations sur la base du marxisme.

En raison de ses activités séditieuses, Lénine fut arrêté et exilé. Il fuit en Europe occidentale où il s'imposa comme l'un des principaux théoriciens du socialisme. En 1903, il devint le chef des bolcheviks qui s'opposaient aux mencheviks.

Le mot « bolchévique » signifie « majoritaire ». On appelait ainsi les membres du Parti ouvrier social-démocrate de Russie dont Lénine prit la tête au cours de son deuxième congrès, en 1903, d'abord de Bruxelles mais ensuite, du fait des risques d'arrestation, de Londres. La faction la plus conciliante du parti était constituée par les mencheviks

de Martov. Mencheviks et bolcheviks de Lénine s'opposaient essentiellement sur des questions organisationnelles et sur les conditions de la prise de pouvoir : Lénine était tenu par ses opposants pour un « maximaliste ».

Les bolcheviks voulaient une révolution socialiste armée, violente en cas de besoin, les mencheviks, pour leur part, promouvaient l'idée d'une transition démocratique et pacifique vers le socialisme.

À partir de la création du « Parti communiste de toute la Russie », en 1918, qui devint plus tard le « Parti communiste de l'Union soviétique », on ne parla plus de « bolchévisme » mais de « socialisme ». Bien plus tard, en 1952, le mot « bolchévique » fut définitivement rayé du lexique.

C'est Lénine qui avait été à l'origine, quoiqu'à distance, de la tentative de révolution ratée de 1905.

À cette époque, il se trouvait en Finlande. Il avait ensuite fait campagne pour que la Première Guerre mondiale fût l'occasion d'un grand soulèvement prolétaire dans toute l'Europe, soulèvement qui verrait la fin du capitalisme et l'arrivée au pouvoir d'un régime de type socialiste.

On sait que les Allemands avaient financé Lénine et le bolchévisme quelques années après le début de la guerre, intéressés par les capacités rhétoriques de l'opposant au tsar qui leur semblaient susceptibles d'inciter les soldats russes à abandonner la lutte contre les troupes allemandes qui commençaient à céder du terrain sur le front oriental.

Ils voyaient en Lénine un « idiot utile » d'un inégalable charisme : en somme c'était l'homme qu'il leur fallait pour convaincre les soldats russes de désobéir au pouvoir, renonçant à l'avantage qu'ils allaient prenant.

Lénine avait reçu de considérables sommes d'argent pour mettre en place une propagande visant à « retourner » les soldats au nom de l'instauration du socialisme mondial.

Ce sont les Allemands qui financèrent l'achat des presses typographiques utilisées dans le cadre de la propagande bolchévique en direction des principales capitales de Russie.

Cette association entre financement allemand et communisme fut aboli par Hitler en 1933, dans une Allemagne appauvrie, en proie au chômage et humiliée par la défaite, en quête d'un bouc émissaire.

C'est à ce moment que se trouvèrent associés communisme et judaïsme dans les prêches antisémites du natif d'Autriche, ces prêches où juifs et communistes se voyaient imputer tous les malheurs de l'Allemagne d'après-guerre.

Au cours de la révolution de février 1917 qui mit à bas le régime tsariste et installa un gouvernement provisoire dirigé par Kerenski, Lénine rentra en Russie pour prendre la tête de la révolution d'Octobre au cours de laquelle les bolcheviks abattirent le pouvoir en place.

Les bolcheviks parvenus au pouvoir, la Russie, une fois de plus, vécut cette guerre civile qui vit la victoire de l'armée rouge sur l'armée blanche.

En 1922, l'URSS est créée, qui subsume tous les territoires qui composaient l'ancien empire russe. Elle se maintient pendant sept décennies, jusqu'à ce qu'une vague démocratique appuyée par un Gorbatchev finalement dépassé, ne conduise, en 1991, à son démembrement. Je conseille au lecteur l'excellente biographie écrite par William Taubman sur cet homme d'État controversé qui mit fin à l'existence de l'URSS, et dont tels considèrent qu'il fut un visionnaire quand d'autres le jugent le pitoyable responsable de l'effondrement de son pays.

Le Cuirassé Potemkine, film muet de Sergueï Eisenstein, sort en 1925.

Son scénario est tiré du récit de Nina Agadjanova-Choutko, qu'Eisenstein a amendé. La fameuse scène de «l'escalier d'Odessa», par exemple, a été conçue au cours du tournage dans la cité portuaire.

L'histoire répond à une structure assez simple : elle est divisée en cinq chapitres qui se succèdent sans perdre leur autonomie. Cette organisation évoque la tragédie grecque, dont chaque acte inclut un message et une organisation qui peuvent être examinés isolément.

Les chapitres sont les suivants : « Les hommes et les vers », « Drame dans la baie », « La mort demande justice », « L'escalier d'Odessa » et « La rencontre avec l'escadre ».

La trame repose sur un fait historique : la mutinerie des marins russes contre la tyrannie de leurs supérieurs dans le cuirassé Potemkine, en 1905. Le Potemkine était le plus moderne et le plus imposant des vaisseaux de guerre de la marine russe croisant dans la mer Noire. La révolte qui voit les marins l'emporter et prendre le contrôle du navire dure peu.

Leur tentative de généraliser le conflit en s'attirant la sympathie des autres équipages et de la population d'Odessa (aujourd'hui en Ukraine) qui observait le déroulement des événements depuis le quai, est cruellement réprimée par les milices du tsar et par les soldats cosaques.

Ces derniers massacrent impitoyablement la population venue par milliers saluer les mutins sur les quais. Les hommes, les femmes, les vieux, les enfants, les riches, les pauvres, les handicapés, tous se pressent sur les quais en empruntant les sublimes

« escaliers Richelieu » — ainsi nommés en raison du monument qui se trouve à leur sommet —, attirés par la rumeur qui évoque une mutinerie à bord du Potemkine et la mort d'un des marins dont la veillée a lieu à même le quai.

L'événement réel, connu comme « la révolte de 1905 », est considéré, avec le « dimanche sanglant » que j'évoquerai plus tard, comme un prodrome de la révolution de 1917. Tels soutiennent que le massacre n'a pas eu lieu sur les escaliers et que cet épisode est une invention du cinéaste : qu'importe, massacre il y eut bien.

Je veux ici apporter mon témoignage. Mon grand-oncle Gavril, que j'ai mentionné au début de cette histoire, était originaire de Bessarabie et il avait été témoin de ces événements. Il fut recruté comme marin dans un des navires envoyés en patrouille dans le port d'Odessa pendant le soulèvement de 1905.

La famille de mon grand-père paternel Albert, le frère de Gavril, venait d'une région qui comptait de nombreuses communautés juives et que l'on appelait « Bessarabie » ou *Basarabie* en roumain, un nom d'origine turque qui désignait la région d'Europe orientale située entre la Roumanie et la Russie et qui appartient à la Moldavie au nord et au sud à l'Ukraine. Les Russes l'appelaient « Principauté de Moldavie ». Cette région leur avait été cédée par les Ottomans en 1812 au cours des négociations du traité de Bucarest qui succéda à la guerre russo-turque de 1806-1812.

Sous domination russe, on forma là-bas le « Gouvernement de Bessarabie » qui, devenu « Principauté de Moldavie », s'unit en 1859 avec la Valachie pour donner naissance au royaume de Roumanie.

Beaucoup des juifs qui finirent par émigrer au Brésil au début du XXème siècle et par s'établir dans la colonie de Quatro Irmãos, à proximité d'Erechim, dans le Rio Grande do Sul, venaient de Bessarabie.

À l'arrivée de mes ancêtres au Brésil, mon patronyme, Schwartsmann, que je tiens du côté paternel de ma famille, a reçu diverses orthographes liées à des erreurs de translittération sur les registres au moment de l'entrée dans le pays. Le journaliste Samuel Wainer, rédacteur en chef et directeur du journal *Ultima Hora,* était né à Edinet, également en Bessarabie, en 1910.

Sa famille avait émigré au Brésil à la même période que les miens, vers 1912. Comme beaucoup d'autres familles juives, les familles de Bessarabie s'établissaient là où venait mouiller le bateau qui les avait conduits en Amérique, telles à Rio de Janeiro, telles à Santos, Rio Grande, Montevideo ou Buenos Aires. Les Wainer furent s'installer à São Paulo.

Samuel était un journaliste de gauche, mais il n'était certes pas communiste. Il était très proche des intellectuels contributeurs de la revue qu'il avait créée, *Diretrizes*. Il fut ensuite reporter pour les *Diarios associados* d'Assis Chateaubriand. On lui doit le fameux interview de Getulio Vargas de 1949, à l'époque du « volontarisme », ce mouvement qui promouvait le retour au pouvoir de l'ex-président à l'occasion de l'élection de 1950. On dit que Wainer devait la création d'*Ultima Hora* à Vargas qui souhaitait qu'un journal appuyât ses positions contre ses opposants. Vargas n'ignorait rien des brimades qu'Assis Chateaubriand, dont la pratique du journalisme était peu orthodoxe, avait fait subir à Wainer

Vargas appelait Wainer « le prophète ». Une fois réélu, il lui obtint un crédit auprès la Banque du Brésil, qui facilita la création de son journal.

Ultima Hora était un journal pro-Vargas et sa première édition contient une lettre de félicitations signée du président lui-même. Le journal était innovant, il donna naissance à une série de formules qui attirèrent à lui les classes populaires, il inaugura par exemple une section dédiée au courrier des lecteurs et une édition locale qui traitait uniquement des questions relatives aux quartiers de Rio.

Il pouvait compter sur la contribution de notables talents journalistiques : Nelson Rodriguez y proposait feuilletons et éditoriaux, Paulo Francis des analyses politiques et, si surprenant que cela puisse paraître au lecteur, Abelardo Barbosa, qui fut ensuite plus connu comme animateur de télévision sous le nom de « Chacrinha », y écrivait de fort convaincants articles.

Le journaliste et homme politique Carlos Lacerda, pour atteindre Vargas, dénonça les faveurs dont Wainer avait bénéficié pour le financement de son journal. Il contesta même ce financement sur le terrain légal, se fondant sur le fait que Wainer n'était peut-être pas brésilien de naissance mais originaire de Bessarabie… son certificat de naissance aurait été falsifié…

En tant que Brésilien naturalisé, il lui était interdit de diriger un journal : la constitution de 1946 le prohibait.

La campagne contre Wainer mêlait l'opposition à Vargas et des relents d'antisémitisme. Elle occasionna une longue bataille judiciaire qui se prolongea au-delà du suicide de Vargas, en 1954. J'indique ici que Wainer fut également l'unique journaliste brésilien qui couvrit le procès de Nuremberg, en 1946.

Au finale, Wainer fut blanchi de l'accusation de falsification. Étrangement, presque un quart de siècle plus tard, dans ses mémoires, *Ma Raison de vivre*, Wagner reconnut qu'il n'était en effet pas né au Brésil.

J'en reviens à mon grand-oncle Gavril Svartzemanii, né comme Waider en Bessarabie, qui avait été témoin du soulèvement russe réprimé de 1905. Il avait intégré la marine russe, en provenance d'une autre terre, par « instinct de survie », disait-il. Il vaguait dans les environs à la recherche d'un gagne-pain : on lui offrit du travail sur un navire.

La Russie était, à cette époque, un immense empire, qui s'étendait sur trois continents et dont le territoire, je crois, n'avait d'égal que celui des Britanniques et des Mongols. Au long de l'histoire, son ascension et son expansion territoriale se produisirent en parallèle du déclin de ses rivaux, Suédois, Polonais et Lituaniens, Perses et Ottomans.

Le rôle de l'armée russe fut fondamental dans la mise en déroute de Napoléon en 1814, elle évita sa prise de contrôle de l'Europe. Les Romanov régnèrent en Russie de 1613 à 1762. La branche allemande de la famille, celle des *Romanov-Holstein*-Gottorp, se maintint au pouvoir de la fin du XVIIIème siècle jusqu'à la révolution de 1917.

Un recensement qui eut lieu en Russie en 1897 révéla que la population du pays comptait 120 000 000 d'habitants. Seule la Chine et l'Inde en comptaient davantage. Ce fut Pierre Ier le Grand, aux XVIIème et XVIIIème siècles, qui étendit le territoire russe, faisant de son pays une grande puissance européenne.

C'est lui qui transféra la capitale de Moscou vers la ville nouvelle de Saint-Pétersbourg, prenant la tête d'une révolution culturelle qui substitua aux anciennes coutumes médiévales une forme plus moderne de vie.

Puis ce fut au tour de Catherine Ière de régner durant « l'âge d'or » de la Russie. Elle continua d'en étendre le territoire et poursuivit la politique de modernisation initiée par Pierre Ier. Au siècle suivant, Alexandre II se fit le promoteur de grandes réformes, émancipant en 1861 quelque 23 millions de serfs.

Dans la mesure où l'intérêt stratégique de la Russie était de préserver les intérêts de l'église orthodoxe dans la région, elle devait contrarier ceux de l'Empire ottoman.

C'est pour cette raison et d'autres, économiques et géopolitiques, qu'advint l'attentat de Sarajevo de juin 1914 au cours duquel moururent l'archiduc François-Ferdinand, héritier du trône austro-hongrois et sa femme, la duchesse Sofia de Hohenberg.

L'auteur de l'attentat était le Serbe Gavrilo Princip, membre de l'organisation nationaliste de la « main noire », qui militait pour l'autonomie des provinces du Sud de l'empire et pour l'indépendance de la Serbie.

En réaction à l'attentat contre l'Austro-Hongrie, l'Allemagne déclara la guerre à la Serbie. La Russie, pour sa part, se porta à son secours, avec la France et l'Angleterre, affrontant les empires allemands, austro-hongrois et ottoman.

Les véritables raisons de l'attentat de Sarajevo font l'objet de grandes polémiques : il est bien étrange que l'Allemagne en ait excipé pour déclarer la guerre aussi vite, un mois après la perpétration du crime…

Pour beaucoup, le Reich de Guillaume II était derrière l'attentat : il avait en effet de considérables intérêts à faire prospérer dans la région.

Dans un film intitulé *Sarajevo*, production austro-allemande de 2014 réalisée par Andreas Prochaska, l'acteur Florian Teichtmeister interprète le rôle d'un inspecteur de police juif serbe qui est désigné pour enquêter sur les circonstances de l'assassinat. Au contraire de ce qu'espèrent les militaires allemands, il décide de mener son enquête à son terme et finit par suggérer au spectateur que l'opération fut montée de toutes pièces par les Allemands afin de précipiter l'entrée en guerre.

La guerre, dont on pensait qu'elle serait courte, du fait de la suprématie technologique et guerrière des Allemands, prit vite une tout autre tournure. Les combats, les plus sanglants de l'histoire contemporaine, qui virent des hommes lutter au corps à corps dans des tranchées, se poursuivirent pendant quatre ans et ne s'achevèrent qu'en 1918 sur la victoire des Russes, des Français et des Anglais.

L'empire russe, qui avait toujours fonctionné sur le modèle de la monarchie absolue, ne serait plus jamais le même. Il sombra avec la révolution de 1917, en grande partie à cause des convulsions sociales liées à la misère absolue dans laquelle était plongée une grande partie de la population du pays, misère que l'effort de guerre avait accrue.

Mais revenons-en au *Cuirassé Potemkine*. Mon grand-oncle paternel Gavril, originaire de Bessarabie, qui avait fini par intégrer la marine russe, fut envoyé à Odessa pendant le soulèvement de 1905. On peut déduire de sa description des événements, rapportée par des parents, que l'histoire du massacre des fameux escaliers est en effet sans doute fictive.

On sait que le tournage devait avoir lieu dans un autre endroit. Des doutes sérieux pèsent sur le fait que les scènes de l'escalier fissent partie du scénario original. Un de mes oncles en vint presque aux mains avec une de ses connaissances à cause de cette affaire, au Clube de cultura, rue Ramiro Barcelo, à Porto Alegre. À l'époque, cet endroit était le refuge d'intellectuels de gauche très actifs dans le champ des débats politiques et culturels.

La version familiale était qu'en cours de réalisation, Eisenstein avait décidé de tourner quelques images de plus à Odessa. Quand il se trouva face à l'imposant escalier, il fut si bouleversé qu'il décida d'y filmer ces scènes supplémentaires.

Cet escalier était tout simplement fascinant. C'était la porte d'entrée officielle de la ville pour qui venait de la mer Noire, en provenance du golfe carcinitique.

C'est encore aujourd'hui le monument le plus connu d'Odessa. La largeur de ses marches et de 12,5 mètres dans la partie supérieure et elle va s'élargissant graduellement jusqu'à atteindre 21,5 mètres !

Du fait de son extension considérable de 142 mètres, celui qui observe l'escalier du bas a l'impression qu'il est encore plus long, par illusion d'optique. Si on compte les dix paliers intermédiaires, l'escalier atteint les 192 marches. Vu depuis le haut, on en voit juste les paliers, pas les marches, alors que du bas, on n'en voit que les marches.

Jusqu'au XIXème siècle, on ne pouvait accéder à Odessa que par des chemins très étroits et tortueux, l'entrée du port étant située très en aval de la ville. Ce sont les architectes Boffo et Melnikov qui, en 1825, y conçurent un escalier de 200 marches. Ils en confièrent la construction à l'ingénieur anglais Upton, lequel passa commande d'un grès de Trieste tirant sur le vert qui coûta la bagatelle de 800 000 roubles.

On donna à l'ouvrage le nom « d'Escalier Primorsky » — « *primorsky* » signifiant « en direction de la mer » — . Mais c'est le film d'Eisenstein qui le rendit célèbre. Huit ans après la sortie du film, l'escalier fut restauré, on substitua au grès un granit rose qui venait des carrières des rives du fleuve Boug et on passa une couche d'asphalte sur les marches.

Avec l'extension du port, on retira huit marches : le chiffre actuel de 192 marches était atteint. Le fait qu'on appelle l'escalier « escalier Richelieu » vient du fait qu'à son sommet, on a placé une statue du duc de Richelieu, premier maire d'Odessa, qui y apparaît vêtu d'une toge romaine. Elle est l'œuvre du sculpteur russe Ivan Petrovitch Martos. Cette sculpture en bronze fut inaugurée en 1826. C'est une splendeur. On commença à appeler l'escalier « Potemkine » en 1955, l'année de ma naissance, pour commémorer les trente ans de la sortie du film.

La volonté d'Eisenstein a été d'appliquer à son film la théorie du « montage intellectuel » de Koulechov, le pionnier du cinéma soviétique. Il utilisait à ce titre énormément de plongées et contre-plongées.

C'est bien l'idée de majesté et de supériorité qu'Eisenstein essaie de traduire à travers les techniques utilisées. Mon oncle Luiz Chwartzmann, né dans la colonie agricole de Quatro Irmãos que j'ai précédemment évoquée, et dont le père, venu de Bessarabie, était cousin de Gavril, me confia, au cours d'une conversation que nous eûmes lors d'un dîner, qu'il avait entendu dire chez lui que les scènes de l'escalier d'Odessa étaient bien une trouvaille cinématographique sans fondement historique d'Eisenstein.

Le nom « Quatro Irmãos » vient de la famille Santos Pacheco, qui comptait quatre frères, lesquels possédaient presque 100 000 hectares de terre dans une région qui, à l'époque, faisait partie la municipalité de Passo Fundo. En 1889, année de la proclamation de notre République, un juif très riche, le baron Hirsch, avait fondé à Londres la *Jewish colonization association*, l'ICA. Il avait acheté la propriété des quatre frères Pacheco pour la transformer en une colonie de peuplement juif.

En 1913, Quatro Irmãos fut reconnue par le gouvernement de l'État comme une société d'utilité publique. En 1911 et 1912 commencèrent à arriver les premiers juifs venus de provinces de l'Argentine. À cette même époque arrivait aussi à Quatro Irmãos, venu de Bessarabie, un contingent de quarante familles de colons juifs. En 1913, un peu avant le début de la Première Guerre mondiale, 150 familles venues de l'empire russe se joignirent à elles.

En 1914, Quatro Irmãos accueillait déjà environ 450 familles juives. Je veux ici évoquer une curiosité : en 1923, Quatro Irmãos fut le théâtre d'une bataille furieuse, la « Révolution borgiste », qui a été popularisée sous le nom de « Révolution du Combat ». Elle opposait les Chimangos et les Maragatos qui se disputaient le pouvoir dans le Rio Grande do Sul. On peut encore aujourd'hui visiter le champ de bataille et le cimetière où ont été enterrées les victimes.

Mais revenons au premier acte du film d'Eisenstein. Il est intitulé « L'homme et les vers ». On y voit combien les marins étaient maltraités par leurs officiers, qui les obligeaient à manger du bortsch, une sorte de soupe de viande, généralement destinée aux pauvres, avarié. Un gros plan montre les asticots qui infestent la viande.

Au second acte, « Drame dans la baie », on décrit la tension causée par la désobéissance des marins, dont les meneurs sont Matouchenko et Vakulenchuk, tension dont l'acmé est la mort du second des deux hommes, qui avait déclenché la mutinerie contre les officiers.

Il est intéressant de constater que peu nombreuses sont, chez Eisenstein, les scènes dont les protagonistes sont des individus. La plupart du temps, c'est la foule qui se trouve au centre de l'action de ses œuvres. Eisenstein met en scène un héros sans visage : le peuple russe.

Le troisième acte, « La mort demande justice », narre l'arrivée du corps du marin mort au port d'Odessa. Le Potemkine jette l'ancre et une complicité s'établit entre les marins et la population, qui compatit à la douleur de la famille du mort, veillé dans une tente de toile.

La prise de vue de la veillée funèbre est esthétiquement inouïe.

Le corps y est présenté dans une tente de tissu filmée au centre d'un espace ouvert, en un grand clair-obscur hurlant qui oppose, avec une absolue radicalité, intérieur de la tente et quais. La photographie est sublime.

Au quatrième acte, « Les escaliers d'Odessa », on décrit le massacre des civils qui se sont massés vers le port en passant par les escaliers pour rejoindre les marins. Ils y sont brutalement exécutés. Hommes, femmes, enfants, vieillards : tous ces gens du commun qui, quelques minutes auparavant, souriaient sur les quais en attendant l'arrivée des navires sont, sans exception, impitoyablement exécutés par les milices du tsar et les pelotons de cosaques puissamment armés.

Cette scène est sans aucun doute l'une des plus fameuses de l'Histoire du cinématographe. Elle manifeste l'aptitude nonpareille d'Eisenstein à créer des scènes d'action puissamment émouvantes sur une large échelle où s'opposent des éléments individuels et collectifs, d'une façon qui a tout à voir avec le système dialectique thèse-antithèse-synthèse.

Dans la scène de l'escalier, on remarque deux des éléments caractéristiques du constructivisme russe : le caractère imposant de l'architecture, son dessin ample et clairement défini qui circonscrit l'échelle de l'action, et la confrontation en contrepoint de la belle immobilité et des scènes dramatiques, individuelles ou collectives, toutes spastiques.

Les escaliers, de leur côté, fonctionnent comme une métaphore de la vieille hiérarchie sociale qui semble venir saluer comme au théâtre avant que la révolution ne tire le rideau sur son Histoire millénaire.

Eisenstein était fasciné par les idéogrammes des alphabets asiatiques qui superposent les images, et qui renvoient à la définition du tiers-élément synthétique cher à Hegel.

Dans la logique de ces alphabets, une image s'oppose à une autre image, comme jalouse de son autonomie, et en même temps l'union des deux images donne à l'ensemble un sens nouveau. Par exemple l'image d'un toit et celle d'une femme signifient « foyer ».

Hegel est la grande figure de « l'idéalisme allemand », qui s'oppose à ce dualisme kantien du sujet et de l'objet qui plaçait radicalement à distance essence et apparence. Pour Hegel, l'essence est « l'idée », produit d'une dialectique dans laquelle thèse et antithèse s'allient pour donner au monde sa dimension véritable.

La scène où une mère blessée lâche un berceau qui dévale les escaliers est inoubliable : elle génère une tension émotionnelle sans égale chez le spectateur. On en retrouve des réinterprétations dans de nombreux films ultérieurs, tels *Les Incorruptibles* de Brian de Palma : j'y reviendrai.

Une autre scène bouleversante est celle de l'enfant assassiné par les soldats et dont la petite main est piétinée par la foule. Le corps de l'enfant est recueilli par sa mère qui le prend dans ses bras, désespérée, se dirigeant dans la direction opposée à celle qu'empruntent les troupes cosaques qui la piétinent à son tour impitoyablement, l'ensemble constituant une métaphore de la brutalité et de l'inhumanité du régime tsariste.

Ces scènes sont typiques du cinéma d'Eisenstein. Si l'on examine sa filmographie, on y remarque une fascination pour des images « totales », fonctionnant comme des clichés photographiques, qui forment de véritables fresques. Un jour, mon ami Rogerio Tovar et moi, nous fûmes voir *La Grève*, son avant-gardiste premier long-métrage, au Club du cinéma.

Sorti des mois avant Potemkine, en 1925, son image inaugurale est celle d'une usine tsariste qui impose aux ouvriers des conditions de travail inhumaines. La multiplicité et la variété des métaphores animalières mobilisées par Eisenstein dans ce film convoquent le spectateur à y voir celle d'un abattoir où les animaux attendent paisiblement une mort précoce programmée. Au reste, vers la fin du film, le cinéaste, lorsqu'il met en scène la répression des grévistes, use d'un « montage parallèle » où alternent les images de la violence exercée sur les ouvriers (la « bête rouge ») et celles de l'égorgement d'un bœuf.

Dans une autre scène de l'incipit du film, on voit le directeur de l'usine, dont un des ouvriers est accusé à tort d'avoir volé un micromètre et se suicide, fumer le cigare et siroter un whisky.

Octobre, film de 1928 dédié à la révolution russe, présente aussi des scènes mémorables. Les plus impressionnantes sont celle des mutins de la place rouge et celle où les horloges du monde entier se calent sur l'heure de Moscou, indiquant que la révolution de 1917 a inauguré un temps nouveau.

Même Eric Hobsbawm, le fameux historien britannique qui, si ma mémoire ne me fait pas défaut, fut membre du parti communiste en Angleterre, considérait l'avènement de la révolution russe comme une véritable rupture avec le passé. Pour lui, le XXème siècle commence bel et bien en 1917.

J'en reviens au *Cuirassé Potemkine* : son quatrième acte, « L'escalier d'Odessa », est d'une telle intensité que l'acte final, « La rencontre avec l'escadre », fait presque figure, en comparaison, de retour au calme. Il montre le Potemkine quittant le port depuis les quais silencieux, la mutinerie matée, et passant entre une dizaine de navires de guerre impériaux qui ne contrarient pas sa progression, comme en un geste de solidarité à l'endroit des mutins ou, comme le prétendait par exemple mon oncle Gavril, par crainte de nouveaux soulèvements dans d'autres navires, soulèvements qui ne se produisirent pas, la fidélité au tsar prévalant in fine.

Certains pseudo-historiens, je le répète, allèguent que la mutinerie du Potemkine n'a jamais eu lieu… le film évoquerait en réalité le soulèvement d'un autre navire, ce que le témoignage de Gavril, rapporté par mes parents, infirme. Quoi qu'il en soit, c'est sur ce départ du Potemkine d'Odessa que le film s'achève.

Pour le lecteur que cela intéresse, j'ajoute, et ceci est le fruit d'études que j'ai réalisées moi-même près l'incroyable bibliothèque Lénine de Moscou, que le cuirassé Potemkine, ayant gagné le large, chercha d'abord partout un mouillage, en quête de vivres et de combustible. Il vogua jusqu'à Constanta, en Roumanie, où on ne le reçut pas mieux qu'ailleurs en mer Noire. Nous avions d'ailleurs aussi des parents à Constanta, nous les Schwarstmann.

Point n'est besoin de rappeler au lecteur que la langue roumaine est la seule langue latine d'Europe orientale, quoiqu'elle eût subi des influences slaves, grecques et turques. J'adore les noms roumains. Nombre d'entre eux sont inspirés par des saints, des éléments naturels ou par la mythologie.

Dieu, que de mots magnifiques dans la langue roumaine ! Le nom propre « *Sorin* » et son équivalent féminin « *Sorina* » viennent de « *soare* », qui veut dire « soleil », par exemple. « *Mircea* » vient du mot slave « *mir* » qui signifie « *paix* » : c'est un nom qu'on donne volontiers aux enfants. Celui que je préfère, c'est celui de « *Narcisa* », inspiré par la fleur de narcisse.

Sa forme masculine « *Narcis* » renvoie au dieu grec tombé amoureux de son reflet.

La bibliothèque Lénine de Moscou, ou « Bibliothèque nationale de Russie », où j'ai trouvé mes informations, ne doit pas être confondue avec la Bibliothèque nationale de Russie de Saint-Pétersbourg. Elle est la troisième plus grande bibliothèque du monde, si l'on considère le nombre des ouvrages accueillis : elle en compte plus de vingt millions. Elle date de 1862 et fut inaugurée dans les installations du musée Roumiantsev.

Après la révolution, on y investit des sommes folles et, en 1925, elle gagna son emplacement actuel, qui, soit dit en passant, est absolument démesuré. L'édifice, nommé « bibliothèque Lénine » avant la chute du régime soviétique, retrouva en 1991 sa dénomination originelle. En sus des livres, il abrite près de 13 millions de périodiques, 150 000 cartes et 350 000 partitions musicales et documents sonores. La collection inclut des documents émanant de plus de 200 langues et dialectes.

J'en reviens au Potemkine. Dans la réalité, pas dans le film, le navire n'obtient pas l'autorisation de mouiller à Constanta. Il doit poursuivre sa route jusqu'à Feodossiia, une péninsule de Crimée sise au nord de la mer Noire, en Ukraine, et n'y est pas non plus bien reçu. Le navire retourne à Constanta. Pendant ce temps, la flotte russe de la mer Noire envoie un vaisseau torpiller le Potemkine mais qui ne parvient pas à trouver sa trace.

Le climat qui régnait à cette époque au sein de la flotte russe n'était rien moins que bon. Pour finir, les marins rebelles du Potemkine trouvent asile en Roumanie. Certains d'entre eux sont néanmoins arrêtés par les forces tsaristes et exécutés ou exilés en Sibérie. Les quelques survivants retournent en Russie au cours des événements de 1917.

Le Potemkine finit par être rebaptisé « *Panteleimon* », en hommage à Saint Pantaléon de Nicomédie, patron des médecins, des sages-femmes, des nourrices et des enfants qui pleurent, selon la tradition orthodoxe. Une église lui est consacrée à Saint-Pétersbourg.

Au rang des péripéties qu'il traversa, on doit mentionner que le Potemkine coula accidentellement en 1909 un sous-marin russe. On dit que c'est une de nos connaissances familiales, Anatoly Henkin, qui tira sans le vouloir sur le bâtiment, cet Anatoly qui avait intégré la marine russe grâce à mon grand-oncle Gavril et dont la famille s'établit elle aussi à Quatro Irmãos. Il est étonnant qu'il y ait autant d'Henkin dans mon entourage familial. Deux Henkin furent mes condisciples au collège Julio de Castilhos : des descendants d'Anatoly.

Je reviens au Potemkine. En 1914, le vaisseau participe à la bataille navale du cap Sarytch contre les Turcs sous son nouveau nom. Il est ensuite utilisé comme navire logistique par les alliés et les Anglais finissent par procéder à la destruction de ses machines à la fin du conflit, en 1919, de peur qu'il ne tombe dans les mains des bolchéviques. En 1923, le cuirassé est envoyé à la casse.

Il était devenu, grâce à Eisenstein, le symbole de la victoire bolchévique de 1917, quoiqu'il narrât un événement de 1905 qui s'était sans doute déroulé bien différemment ce que nous en montre le film qui s'inscrit dans le cadre de la stratégie de propagande soviétique. Le Potemkine fait aujourd'hui, grâce au cinéma, partie de l'imaginaire russe, tout comme le Titanic de l'imaginaire américain.

On peut analyser *Le Cuirassé Potemkine* sous différents angles. Le premier d'entre eux est bien entendu l'angle politique. Il s'agit d'une œuvre de commande du gouvernement soviétique, réalisé par un cinéaste affilié au nouveau régime.

Le film, le second d'Eisenstein, sortit en URSS en décembre 1925, la même année que *La Grève*, réalisé en 1924, qui, sorti en avril, marquait les débuts d'Eisenstein comme réalisateur de long-métrage. *Le Cuirassé Potemkine* est très influencé par le classique de 1916 de David Griffith, *Intolérance*, considéré comme l'une des plus importantes réalisations de l'Histoire du cinéma nord-américain.

Griffith est aussi l'auteur de *Naissance d'une nation*, sorti l'année précédente, film à forte coloration raciste, où l'on peut voir la fameuse scène où des cavaliers du Klu Klux Klan sauvent une jeune fille sur le point d'être violée par un esclave noir affranchi.

Intolérance raconte quatre histoires issues de différentes époques, l'époque moderne, celle du Christ, le XVIème siècle, et l'ère Babylonienne. Les histoires n'ont apparemment aucun lien entre elles sinon la manifestation de l'intolérance religieuse, politique et sociale. Il marque une étape importante dans l'histoire de la narration cinématographique.

Nombres de techniques utilisées par Eisenstein dans *Le Cuirassé Potemkine* sont empruntées à Griffith. Quand on analyse le scénario de Potemkine, on voit qu'il ne s'inspire pas uniquement de la mutinerie du vaisseau qui avait eu lieu en juin 1905, peu après la défaite de la Russie contre le Japon.

La défaite des Russes avait ajouté à l'aigreur populaire occasionnée par le « dimanche rouge » du 22 janvier 1905, à Saint-Pétersbourg. Ce jour-là, des manifestants avaient marché pacifiquement vers le palais d'Hiver pour présenter une pétition au tsar et avaient essuyé les tirs de la garde impériale. Ce massacre et la révolte du Potemkine qui le suivit de près, marquèrent le début de la révolution de 1905 et, dans la mémoire collective du peuple russe, ils font figure de prodromes de la révolution de 1917.

Eisenstein fait masse de ces événements, à quoi s'ajoute la mutinerie d'un navire au large, pas sur le

Potemkine cette fois, et en fait le substrat d'un récit de propagande politique en faveur du régime. Récit historique, dramatisation de la lutte des masses, application d'un nouveau langage cinématographique, convergent au cœur d'un montage qui crée un choc d'images particulièrement virtuose. « La révolution, c'est la guerre. De toutes les guerres connues de l'histoire, c'est l'unique guerre légale, légitime, juste et véritable. En Russie, cette guerre a été déclarée et a commencé. » Cette citation de 1905 de Lénine, qui ouvre le film commandé à Eisenstein pour le vingtième anniversaire du soulèvement des marins du Potemkine, s'adresse directement aux prolétaires qui ont déposé le tsar.

Le récit de Nina Agadzhanova-Choutko sur lequel se fonde Eisenstein comporte huit épisodes dont le premier, qui évoquait une grève générale, devait faire l'objet d'un tournage à Leningrad. Mais les conditions climatiques rendirent ce tournage impossible. Eisenstein et son équipe s'en furent donc à Odessa, résignés à ne filmer que les cinq actes de la mutinerie du Potemkine. Pour conférer à son récit plus de réalisme, le réalisateur partit à la recherche de survivants du massacre et en obtint même la description par un écrivain français qui y avait assisté. Ma tante Sima jurait qu'un de ses parents avait fait partie de l'équipe de tournage.

Le Cuirassé Potemkine, je le répète, dit le martyre et la gloire de cette foule sans visage qui, seule, « fait l'Histoire » en s'insurgeant contre l'injustice du tsarisme. Les techniques de montage, ces coupes rapides qui accroissent quantité et impact des images, produisant une puissante tension chez le spectateur, firent passer Eisenstein à la postérité.

Mais cette tension est aussi le produit de splendides plans larges où des gros plans viennent s'inscrire. Qui peut oublier celui du visage de cette femme, curieuse parmi les curieux, de ce visage joyeux qui, au plan suivant, reçoit un tir qui brise un des verres de ses lunettes, en un effet esthétique d'une force inouïe ?

Alfred Hitchcock lui aussi utilisait les coupes rapides, des gros plans saisissants, la dilatation temporelle et la focalisation sur des détails. Il rend hommage à Eisenstein dans le film *Correspondant 17*, de 1940, dans la scène de l'assassinat de Van Meer. Et en 1963, dans *Les Oiseaux*, dans cette scène où les volatiles lancent leur attaque à la sortie de l'école, provoquant une fuite désespérée qui s'achève sur le bris des lunettes d'un personnage, il adresse le salut de l'épigone au maître russe.

Dans un autre film, de Woody Allen cette fois, *Guerre et amour*, de 1975, on voit aussi un tir briser les lunettes du soldat russe parodique qu'il interprète. Woody Allen fait également advenir un meurtre sur le grand escalier d'un palais de justice, raconté par un commentateur sportif, dans son film *Bananas* de 1971. Une autre mort qui évoque Eisenstein est celle du mafieux Barzini dans *Le Parrain* de Coppola, de 1972. Tous ces cinéastes, tous ces plans, rendent hommage à l'immarcescible Eisenstein.

Mais le pastiche le plus célèbre du *Cuirassé Potemkine* est bien celui auquel se livre Brian de Palma dans *Les Incorruptibles*, film de 1987 où Kevin Costner interprète Eliott Ness et Robert De Niro Al Capone. La fin du film consiste en une séquence où l'on voit un berceau dévaler les escaliers d'une gare, sous les tirs des gangsters, et où courent des marins, le tout accompagné d'une musique sublime. Il s'agit là très évidemment d'un vibrant hommage à la scène classique des escaliers d'Odessa.

Dans le film d'Eisenstein, les soldats qui tirent sur la foule sont filmés en gros plan : pour insister sur la cruauté du régime, Eisenstein place la focale sur les armes qu'ils utilisent.

L'un des principes les plus utilisés par Eisenstein est celui du « montage intellectuel » : il procède de l'idée selon laquelle un cinéaste ne doit pas tant s'occuper de son récit que de l'effet de ce récit sur l'esprit du spectateur. Le montage intellectuel est puissamment illustré par ce moment où le berceau dévale sans contrôle les escaliers. Il témoigne de la volonté d'Eisenstein de travailler de façon prioritaire sur les émotions de son récepteur.

Ces images puissantes, ces diagonales, ces machines colossales, ces escaliers sans terme, tout cela sent son constructivisme, comme cette foule sans visage, ces cosaques, par exemple, jamais filmés de face, abstraits. Pour Eisenstein, l'oppression est sans visage. Le choc provoqué par des prises de vue de natures opposées renvoie à la dialectique marxiste sous influence hégélienne qui repose sur l'idée d'une opposition de forces antagonistes engendrant une force synthétique transformatrice : l'acte révolutionnaire en soi.

La pensée libertaire qui vertèbre en général les avant-gardes a tiré profit de la révolution de 1917 pour rencontrer de nouvelles façons de s'exprimer. La société rêvée par les révolutionnaires mobilise des artistes autour de productions destinées au peuple. Les arts, peinture, sculpture, cinéma, sont pensés comme des constructions proches de l'architecture, en termes de matériaux utilisés, de méthode et d'objectifs de création.

Le constructivisme, très puissant en Russie, a bénéficié de l'influence du design moderne et des esthétiques européennes du début du XXème siècle. Le Bauhaus, par exemple, a considérablement irrigué le constructivisme. Nombre d'artistes signèrent le *Manifeste réaliste* de 1920, sous l'influence de Malevitch, promoteur d'une esthétique fondée sur le règne du pur signifiant plastique.

Le constructivisme pense la peinture et la sculpture comme des constructions et non comme des outils de représentation. Il prescrit l'usage d'éléments géométriques, des couleurs primaires, et du photomontage. Beaucoup d'images du *Cuirassé Potemkine* renvoient à ces prescriptions.

Une des premières scènes du film montre les deux meneurs de la mutinerie converser durant le repas avec, en toile de fond, d'immenses cheminées métalliques : constructivisme pur. Et l'escalier Richelieu d'Odessa tel que le filme Eisenstein, ne devient-il pas devant sa caméra une œuvre constructiviste, avec son imposante géométrie ?

Le constructivisme russe dialogue avec d'autres mouvements artistiques du début du XXème siècle, surtout, bien sûr, avec l'expressionnisme de Kandinsky et Mondrian et le suprématisme de Malevitch. Ce dernier mouvement, apparu en Russie au début du XXème siècle, a lui aussi comme principale caractéristique l'usage de compositions impliquant ces formes géométriques, le carré, le cercle, le triangle, qui nourrissent également le nouveau réalisme pictural.

Je me souviens à cet instant de l'œuvre fameuse de Malevitch , *Carré noir sur fond blanc,* une toile où un carré noir se découpe au centre d'un fond entièrement blanc. Elle inaugure le suprématisme russe. Et je n'évoquerai pas ici les éléments tout constructivistes que l'on retrouve chez Dada ou chez les futuristes italiens. Maïakovski est le représentant de cette esthétique en poésie.

Vladimir Tatlin, le grand artiste russe, est impressionné par les collages abstraits et cubistes qu'il voit à Paris. Ses œuvres, toutes de reliefs obtenus à partir de divers matériaux, le verre, le métal, le bois, témoignent de leur influence. Pour lui et pour ceux qui le suivirent, la conception de constructions en quatre dimensions devait suggérer le mouvement et la temporalité.

Naum Gabo, sculpteur et peintre russe mort en 1977, fait aussi sien le constructivisme, qu'il contribue à théoriser, mais aussi ce qu'on a coutume d'appeler « l'art cinétique ». Il étudie la médecine et les sciences de la Nature, mais se dirige bien vite vers la peinture et la sculpture. À Paris, il entretient une relation suivie avec le cubisme, se rapprochant de Picasso et de Braque. À l'orée de la révolution de 1917, il retourne en Russie et entre en contact avec Tatlin, Malevitch et Kandinsky. En 1920, il rédige avec son frère le *Manifeste réaliste*, qui assigne à l'art une éminente mission sociale. Quant à Eisenstein, dont les réalisations, je l'ai dit, appliquent de façon incontestable toutes les prescriptions du constructivisme, il fut théoricien, réalisateur, scénariste et éditeur. C'est lui qui conféra sa fermeté nouvelle à la théorie du langage des images animées. Il se destinait à une carrière d'ingénieur, suivant les pas de son père. Il parlait plusieurs langues. Il réalisa des dessins animés et créa une compagnie de théâtre pour enfants. Pour son propre compte, il étudia l'art de la Renaissance et s'allia à l'avant-garde du théâtre russe.

Sans renoncer à son engagement politique actif, il devint un excellent décorateur de théâtre. Il fut un membre actif du Proletkoult, collectif artistique qui promouvait les valeurs de la révolution.

La familiarité d'Eisenstein avec d'autres disciplines artistiques que celles où il excelle est attestée par la bande originale du *Cuirassé Potemkine*. La première version du film inclut une partition originale du compositeur autrichien Edmund Meisel, dont le caractère martial est irrésistible. Mais curieusement, il semble qu'Eisenstein ait envisagé que la bande-son de son film pût faire l'objet d'une réinvention perpétuelle. Dans des versions plus récentes de l'œuvre, on y entend des extraits de la Cinquième symphonie en ré mineur de Chostakovitch, qui ajoutent, selon moi, à sa beauté dramatique.

Le Cuirassé Potemkine sortit en 1926 dans de nombreux pays et devint aussitôt un classique. Eisenstein acquit dès lors une grande célébrité. L'on sourira jaune lorsqu'on saura que le film fut ensuite banni d'URSS. Staline craignait qu'il n'incitât les masses à se lever contre le régime. Qui a lu une biographie de Chostakovitch sait que le compositeur a lui aussi dû souffrir de la terreur stalinienne. Mais c'est là le sujet d'un autre livre. Eisenstein mourut à Moscou le 11 février 1948. Il demeure l'un des plus importants cinéastes de l'Histoire de son pays et du monde. Notre parente, tante Sima, prit part aux funérailles. Figure majeure de l'avant-garde esthétique russe, Eisenstein participa activement à la révolution de 1917 ; son premier film, *La Grève*, réalisé en 1924, montre comment l'art et la politique peuvent marcher de conserve. Dans ce film, il offre au spectateur une nouvelle forme de composition cinématographique, le « montage des attractions », dans lequel des images sont associées arbitrairement, sans préjudice de l'action représentée, de façon à produire un impact sensible maximum sur le spectateur.

Au cours de ses années de formation, Eisenstein avait participé à des recherches en laboratoire, consacrées à la capacité d'absorption des images par l'œil humain. Il exploite de façon novatrice les résultats obtenus à cette occasion en faisant siennes des techniques de montage visant à placer sur le même plan, en des coupes rapides, une disparate d'images. À cet égard, *Le Cuirassé Potemkine*, filmé en à peine deux mois, dame le pion, en termes de rythme, aux productions d'images contemporaines. Il n'est, pour s'en convaincre, que de comparer le film à ce qu'on peut voir, par exemple, sur MTV…

En 1928, Eisenstein réalise *Octobre*, film qui commémore le dixième anniversaire de la révolution, à un moment où la censure commence à s'exercer de façon ostensible en URSS. Toutes les scènes qui concernent Trotski, expulsé du pays par Staline en 1927, sont censurées. Quant à Lénine, sur ordre du dictateur, il voit son image altérée en celle d'un personnage inutilement lyrique et par trop libéral.

Dans un monde soviétique où les valeurs d'Eisenstein commencent à entrer en conflit avec celles de Staline, le cinéaste souffre d'une désaffection croissante de la part des autorités russes : la structure complexe et riche de ses métaphores filmiques le place de plus en plus à distance du désir purement propagandiste du gouvernement.

Eisenstein se rend à Paris et y réalise en 1930 un court-métrage parlant, qui peut être considéré comme le précurseur des vidéo-clips, *Romance sentimentale*, il a pour protagoniste l'actrice et chanteuse Mara Griy et fait se succéder des séquences très courtes, nerveuses, toutes de symboles, qui délivrent leur message en usant d'un minimum de texte, y introduisant des effets spéciaux graphiques.

Le succès de ses trois films russes vaut en 1930 au cinéaste russe d'être invité à Hollywood par la Paramount Pictures mais la logique commerciale qui prévaut au sein du cinéma américain constitue pour lui un repoussoir. Il retourne en URSS et réalise

Alexandre Nevski, film épique consacré au grand héros russe, héros de la fameuse « bataille sur la glace » du lac Peïpous contre les chevaliers teutoniques, dont la figure hante l'imaginaire russe. Le film sort en 1938, au moment où les nazis fomentent leurs projets guerriers. Il deviendra à son tour un classique du metteur en scène russe, qui est déjà au travail sur une trilogie sur Ivan le Terrible, dont la première partie sort en 1944.

La deuxième partie, confisquée, ne sortira qu'en 1958, après le décès de son auteur. Eisenstein meurt d'un infarctus, ostracisé par l'intelligentsia, avant le tournage de la troisième partie. Par le monde entier néanmoins, ce film ira manifestant de nouveau son excellence, celle d'un des grands maîtres de la cinématographie. L'œuvre du cinéaste russe a considérablement influencé les cinéastes qui lui ont succédé derrière la caméra, en raison, notamment, de son art visionnaire du montage. Je veux ici révéler un secret : une tante de mon père disait qu'Eisenstein nous était apparenté. Sa mère était une juive convertie. Elle devint la nièce d'une dame qui avait épousé Schmuel, le frère le plus âgé de Gavril le marin, mon parent et le personnage de cette histoire. Schmuel et sa femme vivaient non loin de notre famille en Bessarabie. Schmuel et sa femme s'étaient connus au cours d'un voyage en train entre Moscou et Saint-

Pétersbourg. À cette époque, Schmuel vendait du pain dans le métro de Moscou.

J'en reviens au *Cuirassé Potemkine* : bien qu'on puisse considérer comme le film de commande servant à la propagande politique soviétique, il s'agit indubitablement d'une œuvre où les forces antagonistes, quoique se déchirant, ne cessent pas de manifester leurs proximités sociale et historique, de « faire corps ».

La désobéissance militaire, le défi à la hiérarchie, l'origine de toute l'affaire, la viande avariée que les marins, ces prolétaires, se refusent à manger, la réaction de la population devant la mort de Grigori *Vakoulintchouk,* l'unique personnage à qui est attribuée une importance individuelle, l'idéologie soviétique ne reconnaissant que les figures collectives : tout est symbole, dans le film.

On y voit se mêler toutes les classes et leurs divers habitus : marins et officiers, soldats, bourgeois portuaires, commerçants, il n'est pas jusqu'à l'antisémitisme qui n'y affleure dans cette scène ou un riche commerçant riche du port hurle « mort aux juifs ! » et se voit menacé par la population. Eisenstein pensait à bon droit qu'il y avait beaucoup de juifs parmi les bolcheviques et voulait leur complaire.

Mais ce n'est sans doute pas là la seule explication de l'inclusion dans l'œuvre de cette scène sans grand intérêt narratologique. Eisenstein semble en effet en avoir éprouvé la nécessité au nom de sa naissance : n'était-il pas lui-même le fils d'une mère juive convertie au christianisme orthodoxe. Lénine aussi, au demeurant, était le petit-fils d'un médecin juif. Oui, on peut imaginer que c'est cette parenté qui a conduit Eisenstein à introduire cette scène un peu parenthétique dans le film, cette scène pour laquelle le pouvoir bolchévique qui, incontestablement, comptait en son sein de nombreux juifs, ne pouvait avoir que les yeux de Chimène.

Les liens entre le bolchévisme et juifs firent d'ailleurs l'objet d'une monstrueuse exploitation, à l'occasion de l'émergence et de la prise du pouvoir du nazisme en 1933 : que le juif fût bolchévique ou capitaliste, il était en effet, à en croire Hitler, la source de tous les malheurs allemands…

Oui, c'est la nation russe comme corps cohérent qui semble se joindre aux marins révoltés sur le port d'Odessa et considérer leur soulèvement comme un nouveau cri de libération, sans toujours bien comprendre de quoi il retourne. Dans les scènes qui précèdent celle du quai, les visages sont euphoriques, souriants, heureux. Et au moment où le spectateur s'y attend le moins, le plan d'ensemble de la foule s'interrompt. Une jeune fille sent quelque chose dans son dos. On a tiré. C'est à ce moment que commence le massacre des escaliers.

La musique orchestrale, composée pour 65 instruments, de la bande-son des Meidel, donne à cet instant la priorité à des envolées de cordes dramatiques interrompues çà et là par cuivres et percussions, semblant attiser la débandade de la foule. L'ensemble créé par le montage des images et la musique est envoûtant, il génère une ambiance de terreur qui capte, avec une incoercible autorité, l'attention d'un spectateur rendu incapable de détacher ses yeux de l'écran.

Avec l'arrivée des cosaques sur les escaliers, la population se trouve encerclée et le massacre commence. On note que la caméra se refuse à montrer le visage des tireurs. C'est là le point culminant du film, le moment vers lequel toute sa trajectoire antérieure conduit irrésistiblement et qui justifie ce que l'on y a vu précédemment.

La juxtaposition métaphorique des gros plans de visages, d'yeux, de bouches et des prises de vue sur la géographie urbaine, la continuité instaurée par le montage, font de la séquence qui voit le peuple courir à perdre haleine le long des escaliers, tentant d'échapper aux tirs implacables et mortels des soldats, et du film dont elle forme le cœur, des jalons impérissables de l'Histoire du cinéma.

Dans la scène des « escaliers Richelieu », qui semblent encore aujourd'hui une construction interminable, la violence aveugle s'exerce sur des femmes qui portent des ombrelles, sur des estropiés à qui manque une jambe, sur des boiteux, sur des hommes en haillons, sur des dames promenant des paniers de pain, poussant des berceaux ou entraînant des enfants par la main. Tous sont confrontés à la mort qui approche de façon inexorable. Cette scène pourrait conférer à elle seule au film le statut de chef-d'œuvre.

Le choix de ses angles de prise de vue par le directeur de la photographie, Édouard Tissé, fait du spectateur le témoin des événements grâce aux images les plus improbables et aux tableaux les plus majestueux, tel celui où l'on voit le ciel à l'horizon et le cadavre du marin dans une tente, un cierge à la main.

Membres actifs du Proletkoult, Eisenstein et Tissé se livrent dans le film à des expérimentations techniques qui visent à capter la lumière pour créer des images de foule d'une grande netteté. Ils inaugurent une ère où les grands cinéastes commencent à réaliser des films qui offrent au regard une grande variété de plans.

Le Cuirassé Potemkine est certes un film de propagande mais c'est surtout un témoignage technologiquement novateur — notamment en ce qui regarde le montage — sur la condition humaine et c'est bien en cela qu'il est un immense classique du cinéma.

Dans son livre *Pourquoi lire les classiques*, Italo Calvino définit ce qu'est au juste un « classique ». Le classique se repère au caractère à la fois particulier, intemporel et universel du monde qu'il porte au regard depuis l'écriture. Il offre d'éternelles possibilités de relecture puisqu'il évoque des virtualités transcendantes.

Les classiques sont aussi des œuvres qui restent en mémoire. Ils semblent ne jamais avoir terminé de dire ce qu'ils veulent dire. Il y a toujours dans un classique quelque chose à découvrir. Le classique réécrit ce qui a été écrit et annonce ce qui va l'être.

Il se fonde sur la superposition de mille expériences humaines vécues au fil du temps. Le classique fait de l'homme une continuité, un même, répétitif dans ses sentiments, ses erreurs, ses doutes, ses erreurs et ses certitudes.

L'œuvre classique, selon Calvino, est le fondement de discussions et de réflexions critiques sans fin. C'est comme un talisman qui donne accès à la substance de l'expérience humaine du monde. En lisant un classique, nous nous identifions bien vite à l'humanité de l'auteur : en somme, lui, c'est nous.

Un classique nous aide à nous considérer : nous identifions en et par lui ce que nous désirons ostensiblement ou tentons de dissimuler. C'est une œuvre dont nous sentons qu'elle est tout à fait particulière, qu'elle émarge au rang des chefs-d'œuvre.

Le classique est une œuvre qu'il vaut mieux avoir lue que ne pas avoir lue. Si nous transposons ces considérations sur le terrain cinématographique, nous pouvons dire avec certitude que *Le Cuirassé Potemkine* présente toutes les caractéristiques décrites par Calvino et qu'il est sans nul doute un des grands classiques du cinématographe.

J'indiquais au début de cette histoire que quand le Club du cinéma avait annoncé ce dimanche matin d'il y a cinquante ans qu'il projetterait bientôt le film au Vogue, avenue Independência, j'en fus enthousiasmé.

Le film coulait dans mes veines, dans mon ADN. Il décrivait l'histoire d'un pays, la Russie, dont la culture m'avait toujours profondément touché. Ce fut en effet dans des territoires sous domination russe, en Bessarabie et en Lituanie, qu'avaient vécu mes ancêtres jusqu'au début du XXème siècle.

De là, ils s'en furent au Brésil pour fuir les brimades antisémites. Ceux qui restèrent moururent dans les guerres européennes du XXème siècle. Et moi, je suis là. Mais s'ils avaient fui leur condition, mes ancêtres avaient emporté avec eux des pans de cette culture d'Europe orientale dont la puissance est irréfragablement nonpareille. La plupart des écrivains russes, si nous y prêtons bien attention, manifestent dans leurs œuvres un peu d'antisémitisme. Ils se réfèrent souvent aux juifs de façon péjorative. Lisez les nouvelles de Gogol, par exemple, vous y verrez affleurer l'antisémitisme.

Ce qui est étrange, c'est que je ne vois pas que cet antisémitisme leur retire quoi que ce soit de beauté ou de valeur. Je ne peux résister à l'attrait que j'éprouve pour les œuvres des auteurs russes. Qu'elles ressortissent à la littérature, à la musique, à la peinture ou à la danse, je ne peux pas ne pas reconnaître leur force extraordinaire.

Peut-être est-ce que je suis devenu vieux et puis désormais maintenant mieux faire la part des choses…

Plus jeune, j'avais le sentiment que je ne pardonnerais jamais à la Russie ce qu'elle avait fait à ma famille. Il avait fallu fuir notre terre, abandonner des gens, des familles, des maisons, des paysages, d'une façon humiliante, de peur d'être tué. Je concevais parfaitement combien de souffrance cela représentait.

Avec le temps, ce sentiment s'est atténué, je m'en accommode mieux. Je persiste à penser que le monde ne doit pas oublier ce qui s'est produit là-bas mais j'arrive à profiter des valeurs et des beautés de cette région du monde sans me focaliser autant qu'avant sur ce « passé qui ne passe pas ».

Je reconnais bien volontiers que ma relation à l'Histoire de mes ancêtres s'est sophistiquée, la maturité venant. J'ai même été avec ma femme visiter Moscou et Saint-Pétersbourg. J'ai adoré ce voyage. Pourtant, si j'avais dû raconter à mes grands-parents que j'avais visité la Russie, ils m'auraient certainement dit qu'un juif n'avait rien à faire là-bas.

L'âge m'a conduit à rogner mes espérances, s'agissant de nature humaine. Aujourd'hui je pense que méchanceté et bonté peuvent s'éprouver à n'importe quel endroit du monde. À propos, je dois indiquer au lecteur que je me suis vengé de façon badine de la cruauté des Russes à notre endroit, de siècles de persécution, en insérant dans mon texte quelques petites contrevérités, à mes yeux exquises. Évidemment ce sont de petits mensonges qui n'altèrent en rien les faits historiques que je relate.

Mon grand-oncle Gavril, ce marin d'un des navires qui furent envoyés à Odessa à l'occasion de la mutinerie de 1905, que j'ai convoqué pour l'intérêt de mon histoire, n'a jamais existé. C'est une invention. De la même façon, ma parenté avec la mère d'Eisenstein, dont j'aurais aimé qu'elle fût authentique, ne l'est malheureusement pas.

Schmuel Svartzemanii n'a jamais été boulanger dans le métro de Moscou. Il n'a donc jamais rencontré aucun parent de la mère d'Eisenstein venu de Bessarabie. Il n'a lui non plus jamais existé. Que le lecteur me pardonne… Ma petite vengeance pour des siècles de souffrance nécessitait à mes yeux ces inventions.

Aucun Anatoly Henkin n'a jamais été associé à l'histoire du Potemkine : j'ai créé cet être de toutes pièces. Les véritables Henkin sont venus directement de Bessarabie s'installer à Quatro Irmãos. Comme moi, ils ont découvert le Potemkine au cinéma, des décennies plus tard. Que je sache, aucun Henkin n'a jamais tiré de coup de canon…

Autre mensonge éhonté que je veux confesser : Sima, notre soi-disant parente, n'a jamais participé aux funérailles d'Eisenstein. Elle n'a jamais existé. Elle aussi a été un instrument de ma petite vengeance sans conséquence. J'aurais beaucoup aimé qu'un représentant de la famille fût présent à l'enterrement du cinéaste, mais tel ne fut pas le cas.

J'en ai terminé avec ces observations qui m'avaient préparé à relever en 2019 le défi de mon ami Roger Lerina et à m'entretenir avec ses invités. Je me tenais là, à l'institut Ling, prêt à affronter toute personne désireuse de rompre en visière ma passion pour *Le Cuirassé Potemkine*.

Dieu eût voulu qu'Eisenstein me fût apparenté, quel bonheur ! Mais il ne l'était pas : la vie, comme le tsar, est injuste.

VII.

FREDERICO

J'étais en deuxième année d'internat, c'était il y a quelque quarante ans. Comme je nourrissais le projet de me spécialiser en oncologie à l'étranger, je me mis à suivre de plus près les patients atteints du cancer qui étaient traités dans l'institution où je pratiquais.

Un jour, y fut interné un adolescent d'une quinzaine d'années, Frederico. C'était un garçon très vif, volubile, aux cheveux roux, les joues roses pleines de taches de rousseur. Son intelligence était peu commune, il me pressait de questions. Il voulait tout savoir de sa maladie et de son traitement.

Frederico venait toujours à la clinique accompagné de sa mère. Il venait d'une ville de l'intérieur de l'État. Sa mère assistait aux rendez-vous en silence : il monopolisait entièrement l'attention. Mes deux visiteurs apportaient à chaque consultation un lot de saucisses faites maison dans un de ces sacs plastiques que l'on trouve dans les supermarchés, et me les offraient. Le médecin-stagiaire qui m'assistait et moi, nous nous attachâmes immédiatement à Frederico.

Lors de nos premières rencontres, je m'efforçai de lui donner les explications les plus accessibles possibles sur sa maladie. Les jeunes impétrants adorent utiliser des termes techniques et je ne faisais hélas pas exception… J'expliquai à Frederico que certaines cellules malignes que l'on nommait « blastes » avaient colonisé sa moelle osseuse, interdisant à ses globules de se développer normalement. Il nous fallait entamer une chimiothérapie dont le but était de détruire ces blastes afin que ses cellules évoluassent à nouveau normalement.

Nous appelions le type de protocole que nous allions lui appliquer « traitement de première ligne ». Il trouva ce terme technique épatant. « Il va falloir que ce traitement de première ligne les élimine tous, ces saletés de blastes ! », tonna-t-il. Et il allait répétant constamment la formule « traitement de première ligne » au cours de nos conversations. Je me souviens d'un jour où, m'approchant de sa chambre, je l'entendis dire aux autres patients avec fierté que le docteur Gilberto lui appliquait un traitement très efficace : « un traitement de première ligne ».

D'abord, les choses se passèrent très bien. Sa leucémie réagit favorablement aux traitements. Frederico put retourner en médecine ambulatoire. Il revenait en consultation très heureux, accompagné de sa mère, répétant : « le traitement de première ligne a liquidé mes blastes ! » Et à chaque nouvelle rencontre, il m'offrait les saucisses de sa mère.

Un jour, une ambulance amena Frederico en urgence à l'hôpital. Il manquait d'air, il était pâle, et il présentait des symptômes hémorragiques : tout indiquait une récidive. Quand les résultats de ses examens de sang nous parvinrent, il me demanda, les yeux écarquillés, si ses blastes étaient revenus.

C'était le cas. Les examens témoignaient de ce que sa maladie récidivait sous une forme plus agressive. Je lui annonçai que nous devrions malheureusement reprendre son traitement. Le garçon en fut très effrayé mais il se reprit bientôt et me demanda immédiatement s'il existait un « traitement de deuxième ligne ». Je lui répondis par l'affirmative. Il y avait bien un autre traitement. Je n'ignorais pas qu'il s'agissait là d'une demi-vérité… Même si la nouvelle médication opérait, ses chances de guérison étaient désormais minces. On pourrait encore contrôler l'évolution de sa maladie, mais pour peu de temps.

Frederico était de nature très optimiste : ses petits yeux bleus brillant, il m'assurait qu'il avait toute confiance en moi et que la médecine avait fait beaucoup de progrès. Comme pour se persuader de ses chances de guérison, il allait disant à voix haute, à qui voulait l'entendre, que l'équipe qui le soignait était célèbre dans tout le Brésil et que ce « traitement de deuxième ligne » ne pouvait pas ne pas fonctionner !

Son état s'améliora un peu avec les médicaments et nous décidâmes de le renvoyer chez lui. Il devait revenir trois semaines plus tard à la clinique. Le jour venu, sa mère accompagna de nouveau son enfant volubile à la consultation. Il triomphait, euphorique : le traitement de seconde ligne avait comme « arraché avec les dents » ses fichus blastes ! Comme il le faisait à chaque fois, il adressa un clin d'œil à sa mère afin qu'elle me remît le pochon contenant les saucisses.

Pendant quelques mois, Frederico continua ses allées et venues à l'hôpital. Je l'examinais, il me racontait ses petites aventures, prenait congé en m'étreignant et retournait chez lui, après m'avoir offert quelques-unes des fameuses saucisses maison.

Malheureusement, ce que je craignais se produisit. Peu de temps après, en effet, il fut réadmis aux urgences. Sa maladie avait connu une terrible aggravation. L'examen de sang avait beaucoup empiré. J'allai le voir aux urgences. Très accablé, nerveux, au bord des larmes, il commentait les résultats des examens depuis le brancard qui le conduisait à sa chambre. Il serrait les feuilles d'analyse dans l'une de ses mains et faisait signe de l'autre à sa mère de me remettre les saucisses.

Frederico me demanda, angoissé, s'il existait un traitement de troisième ligne pour faire la peau de ces blastes si résistants. Je ne savais que lui dire. Je répondis que j'allais en discuter avec notre médecin-chef, mais mes yeux attestaient une grande tristesse : il n'y avait pas de troisième traitement, à cet instant nous le savions tous deux…

Le jour suivant, nous retournâmes le visiter, le stagiaire et moi et, en proie à une détresse ostensible, nous lui avouâmes que nous ne disposions pas pour l'heure d'un traitement convaincant pour soigner sa leucémie. Il nous écoutait sans mot dire. Il me regarda d'abord fixement, des larmes au coin de ses yeux. Nous eûmes ensuite une des conversations les plus douloureuses de mon existence. Frederico me demanda sur un ton plaintif : « mais Gilberto, il n'y a vraiment nulle part au monde un traitement de troisième ligne pour ma maladie, c'est bien sûr ? »

Je ne savais quoi répondre. J'arguai qu'il fallait croire en la science, que l'on pouvait à tout moment découvrir de nouveaux médicaments, que j'avais pu constater de grandes et soudaines avancées scientifiques dans d'autres spécialités… Il fallait absolument que nous conservions notre optimisme. Il est bien exact qu'à cet instant précis, nous ne disposions d'aucun traitement spécifique pour sa maladie… L'unique recommandation ad hoc était de renforcer ses défenses au moyen de transfusions de sang, de régimes, d'une hydratation constante et de sels minéraux. Il demeurait coi, pensif, évidemment atterré par ce que je lui disais.

J'essayais de me montrer optimiste devant Frederico mais mon apparence prenait le contrepied de mes propos. J'étais bouleversé : je savais qu'il n'y avait plus rien à faire. Le médecin-chef suggéra que nous fussions nous entretenir en particulier avec sa mère et lui expliquassions la gravité de son état. Il lui restait peu de temps à vivre.

Elle affirma sans détours qu'il valait mieux qu'ils s'en retournassent chez eux et que Frederico y fût accompagné par son médecin traitant. La famille était sans le sou : si le petit mourait à Porto Alegre, elle ne pourrait faire face aux dépenses liées au transfert du corps.

Je ne me souviens pas d'avoir vécu, au cours de ma trajectoire de médecin, échange plus dramatique. Nous décidâmes de libérer Frederico le lendemain midi. Je me souviens que je ne parvins pas à dormir cette nuit-là. Mon collègue stagiaire, qui avait suivi tout le processus, était lui aussi très affligé. Nous entamâmes une conversation sur Frederico mais nos yeux s'emplirent vite de larmes et il nous fut impossible de la poursuivre. Une tristesse infinie nous serrait le cœur. Nous l'adorions, cet enfant. Tandis que j'écris ces lignes, me revient en mémoire l'odeur de ses vêtements, que je sentais quand je lui donnais l'accolade.

Le lendemain matin, nous nous rendîmes dans sa chambre avec les documents de transfert. J'avais rappelé à mon collègue qu'il importait que nous contrôlassions nos sentiments devant Frederico, de sorte qu'il ne fût pas informé de l'imminence de sa fin. C'est une matinée que je n'oublierai jamais. Nous entrâmes, en proie à une intense nervosité, et je prétendis que les transfusions lui avaient donné meilleure mine. Il allait rentrer chez lui et nous garderions le contact par le biais de son médecin. S'il y avait le moindre problème, il reviendrait nous voir. Frederico opina du chef, au bord des larmes.

Devant son angoisse et sa souffrance, je me répétai. J'aurais pu fondre en larmes à tout moment. Le pauvre stagiaire observait tout, appuyé contre la paroi de la chambre. Frederico et moi, nous nous étreignîmes un long moment. Il m'assura qu'il avait bien compris mes instructions. Il en répéta tout le détail à voix basse. Nous nous étreignîmes de nouveau ; il étreignit aussi mon stagiaire. Comme nous passions tous les trois la porte, Frederico répéta une fois encore : « alors tout va bien ! Si je me sens mieux en prenant bien les médicaments que vous m'avez donnés, je reviens dans un mois, c'est ça ? Et on se voit à la clinique ? C'est ça ? C'est bien ça ? ».

Nous sortîmes ensemble de la chambre. Je passai mon bras autour de ses épaules et nous fîmes quelques pas. Très tendu, Frederico répéta de nouveau mes recommandations.

La voix étouffée, j'en profitai moi aussi pour les répéter. Nous ne parvenions pas à nous dire au revoir. Frederico me prit par la taille et me dit « Gilberto nous sommes bien d'accord : si par hasard je ne suis pas revenu pas à l'hôpital dans un mois, attends un peu, attends deux ou trois jours. Et si je ne reviens vraiment pas, tu viens nous voir, d'accord ? L'adresse est dans mon dossier. Si je ne suis pas à la maison, parce que je suis à la pêche ou autre part, reste avec maman et attendez-moi : elle te servira les saucisses que tu aimes tant ! »

J'étreignis bien fort Frederico et nous nous séparâmes pour toujours.

Il mourut deux semaines plus tard. C'est sa mère qui me l'apprit au téléphone.

Je n'ai jamais rien connu de plus beau, dans le cadre de ma vie de praticien, que ma relation avec Frederico. Il m'a prouvé que gratitude et tendresse profonde peuvent marquer les relations entre un médecin et son patient, même quand la maladie met la science en échec.

Table des matières

PRÉFACE DU TRADUCTEUR 5

I. LA TEMPÊTE 11

II. DAN 41

III. LE LAITIER 83

IV. LES ÉGOUTS DE PARIS 107

V. LES BROMÉLIAS 119

VI. LE CUIRASSÉ POTEMKINE 137

VII. FREDERICO 187

Achevé d'imprimer en août 2023

Directrice des publications
Pascale Privey

Assistants de publication
Catherine Delvigne, **Jeanne Richomme**,
Emmanuel Tugny

Conception graphique
Julien Vey - Atelier Belle lurette
Maxence Biemel - Studio Contrefaçon

Remerciements
à **Gérôme Coué** pour sa frappe pianistique

Dépôt légal en août 2023

Imprimé et relié par
BoD – Books on Demand,
In de Tarpen 42, Norderstedt (Allemagne)
Impression à la demande

ISBN 978-2-494506-35-0

©2023, **Ardavena Éditions**

www.ardavena.com